KB123725

이오네스코 읽기

세창사상가산책12

이오네스코 읽기

초판 1쇄 인쇄 2015년 5월 15일
초판 1쇄 발행 2015년 5월 20일

-

지은이 김찬자
펴낸이 이방원
기획위원 원당희
편집 김민균 · 김명희 · 안효희 · 강윤경
디자인 손경화 · 박선옥
마케팅 최성수

-

펴낸곳 세창미디어
출판신고 2013년 1월 4일 제312-2013-000002호
주소 120-050 서울시 서대문구 경기대로 88 냉천빌딩 4층
전화 02-723-8660
팩스 02-720-4579
이메일 sc1992@empal.com
홈페이지 http://www.sechangpub.co.kr/

-

ISBN 978-89-5586-247-8 04860
      978-89-5586-191-4 (세트)

이 도서의 국립중앙도서관 출판시도서목록(CIP)은 서지정보유통지원시스템 홈페이지(http://seoji.nl.go.kr)와
국가자료공동목록시스템(http://www.nl.go.kr/kolisnet)에서 이용하실 수 있습니다.
CIP제어번호: CIP2015013228

세창사상가산책 | EUGÈNE IONESCO

이오네스코 읽기

김찬자 지음

12

세창미디어

머리말

　이오네스코는 1950년 프랑스 파리 녹탕빌 극장에서의 「대머리 여가수*La Cantatrice chauve*」 초연으로 전통 연극의 파괴자이자 신연극의 기수로서 화제의 중심에 선다. 「대머리 여가수」는 '반反희곡'이라는 부제를 달고 있다. 특별한 줄거리도, 일관성 있는 인물도, 제목을 뒷받침하는 어떤 내용도 없는 이 작품은 그야말로 기존 연극에 대한 패러디, 반反연극이었다.

　20세기 초기의 프랑스는 초현실주의와 정신분석학, 피카소 그림과 신음악 등으로 새롭고 놀라운 경험을 하던 시대였지만 연극 분야는 몇몇 작가들과 연출가들의 노력에도 불구하고 비교적 사실주의 연극이 주류를 이루고 있었다.

사실주의 전통에 익숙해 있던 1950년대 관객과 연출가들에게 그의 작품은 낯설고 기이했다. 초현실주의 작가들과 몇몇 예술가만이 그에게 박수를 보냈다. 아폴리네르G. Apollinaire의 「티레지아스의 유방Les mamelles de Tirésias」(1917), 로제 비트락Roger Vitrac의 「빅토르 혹은 권력을 쥔 아이들Victor ou les enfants du pouvoir」(1928)이 초현실주의 연극의 터전을 마련하기는 했어도 초현실주의 희곡들이 관객들로부터 큰 호응을 얻지 못하고 있던 시기에 이오네스코 초기 연극은 초현실주의 작가들에게 "우리가 만들기를 원했던 바로 그것"의 시도였다.

프랑스에 귀화한 루마니아인으로 그가 파리 무대에서 명성을 얻게 되기까지는 오랜 시간이 걸리지 않았다. 25회 공연으로 막을 내려야 했던 「대머리 여가수」는 1957년 파리 라틴가의 작은 극장인 위셰트 극장에서 두 번째 희곡 「수업La leçon」과 함께 재연되었고, 그때부터 지금까지 57년째 중단 없이 공연이 이어지고 있다.

그는 1950년에서 1960년까지 「수업」, 「의자Les Chaises」, 「의무의 희생자Victimes du devoir」, 「아메데 혹은 어떻게 거기서 벗어나지?Amédée ou comment s'en débarasser」, 「자크 혹은 순종Jacques ou la soumission」, 「알마의 즉흥극 *L'impromptu de l'Alma*」, 「무보수 살인자 *Tueur sans gages*」, 「코뿔소 *Rhinocéros*」 등 그의 대표적 희곡이라고 할 수 있는 작품들을 발표했으며 10년 만에 주요 작가로 인정받게 된다. 이오네스코는 기존 연극에 도전장을 던지고 연극사의 새로운 장을 열면서 50년대 논쟁의 한가운데에 있던 작가로 출발해서 그의 마지막 희곡 「무덤으로의 여행 *Voyages chez les morts*」(1980)까지 30여 편의 희곡을 썼다.

그의 창작은 희곡에만 국한되지는 않는다. 소설, 동화, 영화 시나리오도 썼으며 평생 그림에 대해 깊은 관심을 가지고 말년에는 화가로서 새로운 예술 장르, 새로운 언어방식을 끊임없이 탐색했다. 그러나 그에게 예술가로서의 인정과 명예를 가져다준 장르는 연극이다. 스스로 연극이라는 형태를 좋아하지 않았다고 밝혔지만 30년 동안 30여 편의 주옥같은 희곡을 썼고 프랑스에서 가장 많이 공연되는 작가 중 하나가 되었다. 프랑스 위셰트 극장은 「대머리 여가수」를 재연했던 1957년을 시작으로 2015년 현재 58살이 되었음을 극장 밖에 알리며 여전히 「대머리 여가수」, 「수업」을 공연하고 있다.

이제 그의 작품은 전 세계에 번역되어 읽힐 뿐 아니라 전 세계 무대에서 공연되며 사랑받는 고전 작품이 되었다. 극작가로 아카데미 프랑세즈의 회원이 되었고, 살아생전 플레이아드판을 출판하는 작가로서의 영예도 안았다. 1950년대 아방가르드 작가로 출발해서 고전 작가로 자리매김하기까지 그의 인생은 반항의 연속이었다.

일찍이 풍자적인 정신으로 루마니아 문단을 비평하며 1934년 『거부Nu』라는 제목으로 루마니아 문단에 데뷔했던 그는 1950년대 프랑스에서 「반反희곡」을 쓰며 사실주의적이고 심리 분석에 치우친 문학의 반대편에 선다. 그의 연극은 정치적이고 문학적인 이중적 반항을 보여 준다. '반反희곡'을 통해 사실주의 희곡과 참여 희곡을 거부하며 자신을 문학 전통 속에 가두려고 하는 문학 비평에 대항해 싸운다.

그는 일찍이 극우로 전향한 아버지에게 반항하며 루마니아에서는 체제에 반대하는 불량소년으로 지냈고, 파시스트당에 참여한 친구들의 압력에 반대하며 그들로부터 고립된다. 그는 자신의 상상과 지성을 제한하는 모든 이데올로기를 거부하는가 하면 1950~1960년대 스탈린 범죄의 현실과 강제노동 수용소를 외면한 프랑스 좌익 지성인들의 태도에 분노하기도 한다. 또한 극우의 폭정이 극좌의 폭정이 될 수도 있다는 것을 보여 주면서 자신의 독립성과 자유를 지키려던 반항인이었다.

이오네스코는 예술은 "늘 의문을 던지는 것, 특히 의문을 던지는 것"(『해독제Antidotes』)이라고 말한다. 즉 결정적인 답을 주는 것이 아니라 본질적으로 모든 것에 문제를 제기하는 것에 작가의 역할이 있다고 생각한다.

연극의 전통적 형태를 거부한 아방가르드 작가로서 그가 작품에서 끈질기게 추구한 주제는 모든 시대의 인간을 사로잡고 있는 근본적 질문들인 고독, 병, 늙음, 고통스러운 죽음이다. 인간의 조건에 대해 끊임없이 질문하며 인간의 신비에 대해 의문을 던진다. 노년에는 신을 향해 돌아서지만 그것은 '이해할 수 없는 것'에 대한 새로운 반항의 원인이 된다. 그의 연극은 평생의 반항과 추구에 대한 '고백적인 고해성사'이다. 이런 점에서 이오네스코는 삶과 작품을 분리시키기 어려울 정도로 자신의 체험을 반복적으로 무대화하는, 고백 취향이 다분한 작가이다. 그의 개인적 체험은 창작 동기를 이루거나 창작 재료가 되는 데 그치지 않고 작가가 끊임없이 되돌아가 자아를 탐색하는 문학 공간 그 자체가 된다.

작가가 작고한 다음 해 그에 관한 짧은 소개서를 한 권 냈고 꼭 20년이 지나 이오네스코 작품에 관한 책을 쓰게 되었다. 그동안 그의 주요 희곡들이 여러 번역본으로 출간되고, 희곡뿐 아니라 소설, 그림수필, 평론집까지 번역, 소개되었다.

　그의 희곡들은 이제 우리 무대에서도 친밀한 레퍼토리가 되었다. 이 책에서는 작가의 한 작품 한 작품을 자세히 들여다보면서 핵심적인 그의 생각을 따라가 보는 데 중점을 두었다. 그의 작품과 더불어 길고 무거운 여행을 했다. 그동안의 삶의 무게가 '우리를 유일하게 형제로 만들 수 있는 그 공통의 고통, 그 실존적이고 형이상학적인 공동체의 고통'으로 이어 준 탓인지 작품의 굽이를 동반하는 작가의 실존적 고뇌를 들여다보는 일이 깊은 공감과 위로의 시간이 되었다. 1950년대 아방가르드 작가의 목소리는 지금도 여전히 젊다.

　부끄러운 마음으로 책을 펴낸다. 부족하지만 읽기가 녹록지 않은 작가의 작품을 이해하는 데 작은 도움이 되었으면 하는 바람이다.

2015년 5월
김 찬 자

세창사상가산책 | EUGÈNE IONESCO

1

이오네스코의 삶과 예술

1
프랑스에서의 어린 시절

외젠 이오네스코Eugène Ionesco, 루마니아 이름은 Eugen Ionescu는 1909년 11월 26일 루마니아 부쿠레슈티 서쪽에서 150킬로미터 떨어진 지방 도시 슬라티나에서 태어났다. 이오네스코와 똑같은 'Eugen'이라는 이름을 가진 아버지는 루마니아인으로 법학을 전공하고 루마니아에서 도지사 검사대리로 일했으며, 그의 어머니 마리 테레즈Marie-Thérèse Ipcar는 프랑스인으로 루마니아 철도청에 일하러 온 프랑스 기술자의 딸이었다. 어머니는 남편을 따라 루터파의 충실한 신도가 되었기 때문에 외젠은 정통 종교 의식에 따라 세례를 받는다. 이후 아버지가 법학박사 학위를 준비하기 위해 가족 모두가 조국을 떠나 파리로 이사를 하게 된다. 1911년 여동생 마릴리나Marilina가 태어난다.

부모는 사이가 좋지 않았다. 감수성이 풍부하고 헌신적이며 다정다감했던 어머니는 강압적이고 기질의 변화가 심한 아버지와 함께 살며 불행했던 것 같다. 어머니의 부모가 경제적 지원을 해 주었는데 아버지는 조용히 학위를 준비하기 위해서라며 집을 떠나 호텔에 자주 머물렀다. 1913년 외젠의 남동생 미르세아Mircea가 태어났으나 18개월에 뇌막염으로 죽으면서 부부는 더욱 자주 다투었다. 어느 날 어머니는 요오드팅크 한 병을 마시고 음독자살을 시도하기도 했다. 다정했던 어머니의 이러한 모습은 '무방비 상태의 가련한 어린아이'로 외젠의 기억 속에 충격적으로 남는다.

 내 어머니에 대한 연민은 그날 시작되었다. 어머니가 무방비 상태의 가련한 어린아이고 아버지 손에 의해 조종되는 꼭두각시이며 학대의 대상일 뿐이라는 것을 알고 몹시 놀랐다.
ㅡ『과거의 현재 현재의 과거Présent pasée passé présent』

 1916년 법학박사 학위를 끝낸 아버지는 가족을 파리에 남겨 둔 채 루마니아로 돌아간다. 그는 경찰청 검사관으로 일하며 프랑스에 남아 있는 부인이 가정을 버릴 것이라는 핑계를 들어 어머니와 이혼한다. 남편의 소식을 모르고 지낸 어머니는 자신의 이혼 사실도 몰랐으며 아버지는 혼자 이혼을 하고 다른 사람과 재혼한다.

외젠은 어머니, 누이동생과 함께 파리에 남겨졌다. 어머니는 생계를 잇기 위해 공장에 취직할 수밖에 없었고 일곱 살 난 외젠은 파리 근교 아이들을 위한 시설에 몇 달 맡겨지기도 한다. 파리로 돌아와서도 블로메Blomet 거리, 보지라르Vaugirard 거리로 자주 이사하며 불안정한 어린 시절을 보낸다. 전쟁과 독일군의 폭격, 어머니의 눈물 젖은 얼굴은 어린 외젠의 기억 속에 무겁고 고통스러운 시간으로 각인된다.

보지라르 광장에 폭탄이 터지면서 외젠의 어머니는 아이들을 시골 농가로 보낼 생각을 하게 되고 외젠은 1917년부터 1919년까지 3년 동안 여동생과 함께 메이엔의 작은 마을 라 샤펠-앙트네즈La Chapelle-Anthenaise에 머무르게 된다. 파리의 회색 하늘과 높고 검은 집 가운데서 핏기를 잃었던 어린 외젠은 이 작은 마을의 색깔과 냄새에 매료된다. 단순하고 정이 많은 농부들에 둘러싸여 누이동생과 함께 지내던 그 "방앗간은 보금자리이고 은신처였으며 하늘이 있고, 땅이 있고, 하늘과 땅이 완벽하게 결합된 그곳에서 천국의 시간을 살았어요"(『삶과 꿈 사이에서 *Entre la vie et le rêve*」)라고 이오네스코는 후일 추억한다.

그는 라 샤펠-앙트네즈에서 비로소 어른들의 폭풍우 같은 삶을 피해서, 서로 사랑했지만 자신에게 무한한 근심을 주었던 불행한 어머니의 영향으로부터 벗어나 시골, 방앗간, 농부들의 삶에 둘러싸여 기쁨과 은혜로움 그리고 경이로움의 세계를 맛본다. 이 빛으로 가득한 마을에 대한 어린 시절의 기억은 후일 그의 작품의 주요 모티브 중 하나로 발전된다. 「의자」에서의 '빛의 도시', 「의무의 희생자」에서 슈베르의 상승 때 '눈부신 빛', 「무보수 살인자」의 '빛나는 도시', 「갈증과 허기 *La Soif et la Faim*」에서 장이 믿는 '빛의 왕국' 등등. 이오네스코는 「나는 왜 글을 쓰는가」에서 이렇게 밝히고 있다.

내 모든 책과 희곡은 노스탤지어의 부름이고 표현이다. 나는 역사의 비극 가운데 잃어버리고 대양에 파묻혀 버린 보물, 즉 빛이라고 부를 수 있는 것, 내가 간혹 만난 적이 있는 것 같은 그 빛을 찾는다. … 늘 어둠을 넘어서 또렷하게 나타나는 빛을 찾는다.

— 「해독제」

이오네스코는 평생 동안 시간이 멈춰 버린 것 같던 장소인 라 샤펠-앙트네즈에서 느꼈던 영원성의 감정을 그리워한다.

모든 게 존재한다. 한나절, 한 시간이 한없이 길었다. 끝이 없었다. 사람들이 내년이라고 말할 때 내년은 결코 오지 않을 것 같은 느낌이 들었다. 라 샤펠-앙트네즈에 있었을 때는 시간을 벗어난, 그러니까 일종의 천국에 있었다.

— 『단편일기*Journal en miettes*』

이러한 충만감과 시간을 초월한 완전한 행복감은 평생 고통이 멈추지 않았던 작가의 삶에서 은총의 한 순간으로, 결코 다시 돌아오지 않을 빛나는 지점으로 남는다. 프랑스에서 보낸 외젠의 어린 시절은 어머니와 연결되어 있다. 프랑스는 어머니의 나라였다. 어머니를 향한 애정은 어머니가 사라지면 어쩌나 하는 두려움의 감정과 늘 함께했다.

어머니와 함께 있을 때는 죽음, 어머니의 죽음, 내 죽음을 생각하곤 했다. 어머니 없이 다른 사람들과 애들하고만 있을 때는 그러한 괴로움이 절대, 거의 찾아오지 않았다. … 그러니까 내 어머니가 꼭 오늘은 아니더라도 어느 날인가 돌아가실 수 있다는 생각이 나에게 시간에 대한 관념을 가지게 만들었다.

— 「단편일기」

아버지의 부재로 어머니와 함께 버려져서 보낸 어린 시절은 사랑하는 존재의 상실에 대해 극한 두려움을 주었으며 그것이 죽음에 대한 강박 관념으로 남아 이오네스코 작품의 근저를 형성하는 형이상학적 괴로움의 원천이 된다.

어머니와 아버지는 외젠의 의식 속에 이중적 대립의 형태로 남는다. 어머니의 모습은 부드러운 피난처이며 위로로, 권위적이었던 아버지의 이미지는 적의와 폭력으로 연결된다. 이러한 감정은 묘하게도 후일 사회·정치적 층위로도 확대된다.

그게 내 부모에 대해 취한 태도뿐 아니라 사회에 대한 내 증오의 원인이었음이 틀림없다. 내가 군국주의軍國主義에 반대하게 된 것, 군대식 세계와 그 세계를 상징하는 모든 것과 여자보다 남자의 우월성에 근거하는 사회의 모든 것, 즉 권위적인 모든 것을 증오하게 된 것은 그 때문인 것 같다.

— 『과거의 현재 현재의 과거』

    가정에서 폭력적인 아버지와 희생자 어머니의 모습은 후일 이오네스코 작품 속에서 남자들이 다른 사람들을 영원히 지배하려고 하는 호전적인 세계의 상징적 원형이 된다. 그의 작품 속 폭력적 인물들은 기억 속의 아버지 이미지와 밀접하게 연결되어 있다.

2
루마니아에서의 청년기

    1922년 외젠의 어머니는 열세 살 된 외젠을 부쿠레슈티에 있는 아버지의 집으로 보낼 수밖에 없게 된다. 프랑스어를 모국어로 배우고, 프랑스에서 어린 시절을 보낸 외젠에게 아버

지의 나라인 루마니아는 낯선 나라였고 루마니아어는 외국어
였다. 그 당시 아버지는 부쿠레슈티에서 변호사로 일하고 있
었다. 화를 잘 내는 데다가, 폭력적이고 이기적인 아버지와 한
지붕 밑에 사는 일은 쉬운 일이 아니었다. 아버지는 새로 이
룬 가정에서도 불화가 잦았으며 집안 분위기는 냉랭했다. 외
젠은 계모 엘레오노라 부루이아나_{Eleonora Buruianā}를 '마담'이라
고 부르며 지냈다. 사랑하던 어머니와의 헤어짐, 긴장된 집안
분위기, 이제까지 알지 못하던 언어를 새롭게 배우는 일 등 새
로운 환경에서 외젠은 '추방된 느낌'을 가졌으며 정신적 상처
를 받았음을 후일 고백한다.

난 열세 살에 부쿠레슈티에 왔어요. 스물여섯 살까지 거기 있었
죠. 거기서 루마니아어를 배웠어요. 열네 살, 열다섯 살 때는 루
마니아어 성적이 엉망이었죠. 열일곱, 열여덟 살이 되어서야 루
마니아어에서 좋은 성적을 받을 수 있었어요. … 초기 시들은
루마니아어로 썼죠. … 다시 프랑스로 돌아왔을 때 물론 불어는
알고 있었지만 글을 잘 쓸 수 없었어요. '문학적으로' 글을 쓰기
위해서 재적응이 필요했죠. … 네, 거기서는 추방되어 있다는

느낌이었으니까 상처였죠.

—『삶과 꿈 사이에서』

어머니 세계로부터의 추방과 아버지 세계에의 감금, 그 정신적 외상의 기호는 현실을 은폐하는 분위기로 작품 곳곳에 그 체험적 감정의 흔적을 드러낸다. 「의자」에서 노옹은 다소 그로테스크하게 "잉, 잉, 잉! 엄마 어딨어? 난 이제 엄마가 없어 … 난 천애고아야"*라고 흐느낀다.

부쿠레슈티에 도착해서 외젠은 생 사바Saint-Sava 정교도 고등학교를 다녔다. 화를 잘 내고 권위적인 아버지는 문학에 두각을 나타내는 아들의 정신적인 면모를 철저히 무시하면서 폭력적으로 아들의 학업에 개입했으며, 부르주아, 판사, 군인, 기술자, 화학자 같은 직업을 가지기를 요구한다. 문학도, 정치도, 원하는 직업에 대해서도, 그 어느 것 하나에도 대립하지 않는 것이 없는 아버지에게 그는 드러내 놓고 반항했으며 해를 거듭할수록 반항은 더욱 거세졌다. 결국 외젠은 1926년 아

---

* Eugène Ionesco, *Théâtre complet*, Bibliothèque de la Pléiade, Gallimard, 2007, p.122. 이하 이오네스코 작품 분석에서 이 책을 원전으로 사용함.

버지와 격렬한 싸움 끝에 집을 나간다.

아버지와의 결별로 끝나게 되는 소년 시절과 청년기는 이오네스코의 사고와 감정에 뚜렷한 자국을 남긴다. 어머니를 향한 애정과 아버지에 대한 적의가 바로 그것이다. 프랑스에 대해 가지는 이오네스코의 애정은 어머니의 존재와 밀접하게 연결된다.

… 내 조국은 프랑스다. … 어린 시절 초등학교 저학년 동안 내 어머니와 살았던 곳이니까 … 내 어머니가 살았던 나라만이 내 조국이 될 수 있으니까.

—『과거의 현재 현재의 과거』

이 대립적 감정은 좀 더 일반적인 측면, 즉 프랑스와 그 문화를 향한 큰 애정과 그와 반대로 루마니아와 관계되는 모든 것에 대한 부정적 감정으로 나타난다.

결국 그는 1929년 아버지의 바람과는 반대로 부쿠레슈티 문과대학에 입학해서 프랑스어 학사과정을 준비한다. 학생 생활은 쉽지 않았다. 아버지의 집을 떠나 빌린 방세를 내기 위해 프랑스어 과외를 하기도 했지만 한 달의 반이면 생활비가 바닥나서 나머지 반은 의과대학에 다니던 친구의 도움으로 지냈다.

1928년경 이오네스코는 루마니아 문학계에 발을 들여놓는다. 『아지*Azi*』, 『악사*Axa*』, 『크리티카*Critica*』, 『이데아 로마네스카*Ideea Românescă*』, 『비아타 리테라라*Viata Literară*』, 『조디악*Zodiac*』 등 여러 잡지에 기고하며 1931년에는 『작은 존재들을 위한 애가*Élégie pour les êtres minuscules*』라는 제목의 시집을 출판한다. 그는 여러 정기간행물에 관여하면서 프랑스어 공부를 계속해 나간다.

1934년 지금의 프랑스 교원자격시험C.A.P.E.S.과 다소 비슷한 디플로마 카파시타트Capacitate를 획득하고 루마니아 문학에 대한 부정적 기사 모음집인 『거부』를 발표한다. 이 작품은 루마니아 문단을 격분하게 만들었다. 그렇지만 도리어 스캔들을 통해 유명해졌으며 '왕립재단출판사' 상도 받았다.

이오네스코는 순수하고 고집스럽게, 모든 것이 아니면 아무것도 아니라는 다소 충동적인 논리에 따라 진정성의 이름으로 모든 형태의 절충주의를 배척한다. 그는 지적 순응주의, 문학과 비평의 거물 인사들, 사회가 부과하는 규범과 협정 그리고 타협에 대해 '아니오'라고 말한다.

청년의 감상주의와 심각한 자기 조롱의 톤이 결합되어 있는 이 작품은 이오네스코가 원했던 대로 스캔들을 불러일으켰다. 또한 문학적 권위에 반대하고 아방가르드만큼이나 전통주의자들의 방향에도 회의적 태도를 보임으로써 금방 반反순응주의, '무서운 아이'라는 평판을 얻었다. 전체적으로 『거부』는 투박하고 부자연스럽고 재미가 없다고 평가된 루마니아 문화를 공공연하게 비판하고 있는 작품 모음집으로 이오네스코 자신의 표현대로 '분노에 찬 청년의 작품'이었다.

1933년 이후 루마니아의 정치적 상황은 악화 일로로 치닫는다. 1940년대까지는 파시즘이 상승했던 시기로, 루마니아에서는 일종의 이데올로기적인 전염병이라고 할 수 있는 강력한 민족주의, 반유대주의 등의 나치즘 면모를 지닌 철위대 '가르다 데 피에르Garda de fier'가 나타난다. 폭력과 인종차별주의의 나치 이데올로기가 대학으로 침투하면서 이오네스코의 주변은 하나둘 이 새로운 신화가 주는 유혹에 빠져들어 갔다. 이오네스코는 자신에게 도덕적 압력을 행사하는 교수들과 친구들 앞에서 점점 외톨이가 되는 느낌을 받는다.

점점 외톨이가 되는 느낌이 들었어요. 우리처럼 우리를 공격하는 이데올로기들과 슬로건을 수용하지 않으려는 사람들은 많지 않았어요. 정치적 행동의 측면에서뿐만 아니라 도덕적이고 지성적이고 때로는 단순한 침묵의 저항조차도 하기가 어려웠어요. 당신이 스무 살 때, 당신에게 과학적인 이론과 그것을 해설해 주는 교수들과 정기 간행물들이 있고 온통 분위기가 주의主義 중심으로 흐르게 되고 모든 움직임이 당신의 뜻과 반대로 흘러가게 된다면 거기에 저항하며 의연하게 남아 있기는 정말 어렵죠.

— 『삶과 꿈 사이에서』

그 당시에 유행한 슬로건은 "모두 국가를 위하여, 모두 국민을 위하여, 모두 인종을 위하여"(『과거의 현재 현재의 과거』)였다. 사람들은 국가, 백인종, 질서, 힘을 신격화했다. 거의 30년 후인 1958년 이 시기에 대한 기억이 이오네스코에게 명성을 가져다 준 작품 「코뿔소」의 소재가 된다. 일상생활 가운데 공포와 폭력과 이데올로기가 자리 잡고 유럽이 뒤흔들리는 고통스러운 시기에 루마니아도 점점 권위주의에 사로잡혀 갔다.

그 가운데 이오네스코는 1936년, 6년 전부터 알고 지낸 로디카 부릴레아누Rodica Burileanu와 결혼한다. 이오네스코는 자신의 어머니와 당시 약혼녀의 만남을 다음과 같이 묘사한다.

> 어머니가 내 약혼녀의 집으로 갔다. 문을 열자 어머니는 잠깐 그녀를 바라보았다. … 내 미래의 배우자는 어머니의 시선에 응답했다. … 그것은 수세기 전 발견되어 자연스럽게 그녀들에게 전해진 일종의 짧은 의식, 말 없는 나눔이었다. 그것은 일종의 권력의 이양이었다. 그 순간 어머니는 자신의 자리와 나를, 내 미래의 배우자에게 넘겨 주었다. … 그것은 말 없는 대화, 여인에게서 여인으로 전해지는 대화였다.
>
> ─「단편일기」

어머니는 이오네스코가 결혼한 후 석 달이 지나 세상을 떠난다. 그는 체르나도바, 그다음은 부쿠레슈티에서 프랑스어 교수로 일하면서 계속 문학 비평 기사를 쓴다. 그러면서도 늘 루마니아를 떠날 생각을 하고 있었다. "절망에 빠진 나의 유일한 목적은 프랑스로 돌아가는 것이었다"(『과거의 현재 현재의 과거』)고 그때의 심경을 밝히는데 부쿠레슈티의 프랑스 교육원의 박사학위 장학금이 그의 소원을 이루도록 도와준다. 그는 「보들레르 이후 프랑스 시에 나타난 죄와 죽음*Le péché et la mort dans la poésie française depuis Baudelaire*」에 관한 박사학위 논문을 쓰기 위해 장학금을 받았으나 이 논문은 끝을 맺지 못한다.

루마니아가 전쟁을 시작하면서 루마니아로 다시 돌아올 수밖에 없게 되자 이오네스코는 1940년 부쿠레슈티 생-사바 고등학교에서 다시 교편을 잡는다. 그렇지만 온갖 수단을 동원하여 다시 프랑스로 돌아갈 길을 모색한다. 결국 1942년에 프랑스로 돌아와 자유 지역인 마르세유에 피신한다. 1944년, 거기서 딸 마리 프랑스가 태어난다. 이 시기에 그는 재정적 어려움이 극심했다. 삶은 여전히 불안정했고 창작에도 적합한 상황이 아니었다.

세계는 표류하고, 종이가 부족한 출판업자들은 검열에 지쳐서 확실한 가치가 있는 작품만 출판하기를 원한다. 그런 상황에서 이오네스코는 가브리엘 카브리니Gabrielle Cabrini와 공동으로 파벨 단Pavel Dan, 1907-1937의 『위르캉 영감*Urcan Bătrânul*』을 번역하고 일라리 보론카Ilarie Voronca의 도움을 받아 『카이에 뒤 쉬드Les Cahiers du Sud』에 몇몇 루마니아 시인들의 작품을 번역한다. 이오네스코는 이 잡지의 주요 인물들 중의 하나인 장 가브리엘 그로Jean-Gabriel Gros와 레지스탕스를 지지하는 문학인들과 교유한다.

1945년, 이오네스코는 파리 16구에 정착하고 루마니아 시인 우르모즈Urmoz, 1883-1923의 시 번역에 전념한다. 생활비를 벌기 위해 리폴랭Ripolin의 가게에서 상품전담 취급원으로 일하고, 1948년부터 1955년까지 법과 의학을 전문으로 하는 출판사에서 교정 일을 보기도 한다. 1949년에는 전쟁 동안 썼던 초고를 수정 번역한 「대머리 여가수」로 프랑스에서 작가로 데뷔한다.

3
프랑스에서 극작가로 데뷔하다

루마니아 문학계에서 이오네스코의 행보는 시인으로 데뷔

했던 1928년이 기점이지만 프랑스 비평가들과 서양 비평가들에게 이오네스코의 문학계 데뷔는 1950년이다. 이오네스코는 일찍 데뷔했던 루마니아 문학계에서는 큰 성공을 거두지 못했다. 이오네스코가 프랑스 문학계에서 활동하지 않았더라면 1950년 이전 수련의 해들은 다 잊혀졌을 것이다.

루마니아에서 『거부』 같은 작품을 출간하며 문학 비평을 하던 이오네스코는 놀랍게도 1950년에 희곡으로 데뷔한다. 이오네스코는 프랑스에 완전히 정착한 1940년까지 루마니아어로 글을 썼다. 사실 1928년부터 1940년 사이 문학 활동에서는 뚜렷하게 드러나는 작품이 없다. 그렇지만 『단편일기』, 『과거의 현재 현재의 과거』, 『발견*Découvertes*』 등 이오네스코의 개인 노트들을 살펴보면 그의 문학 활동의 근저를 형성하는 내밀한 생각을 엿볼 수 있다. 『거부』 발표 이후 이오네스코는 끊임없는 실패의 감정, 죽음에 대한 두려움, 해답을 찾지 못한 형이상학적 문제에 대한 탐색, 참여가 불가능한 사회에서의 군거 형태에 대한 깊은 혐오감에 고통받았음을 그 개인 노트들이 생생하게 증언하고 있다. 1950년 이후 그의 문학적 성공은 이 긴 고통과 위기의 세월이 빚어낸 정신적 성숙의 열매라고 할 수 있다.

1950년 5월 11일, 니콜라 바타이유Nicolas Bataille의 연출로 녹탕뷜 극장에서 「대머리 여가수」를 초연하게 됐을 때 이오네스코는 이미 41살이었다. 이 작품은 성공을 거두지 못하고 25회 공연으로 막을 내렸다.

이 시기 이오네스코는 프랑스 초현실주의 운동을 이끈 시인 브르통André Breton, 1896-1966, 초현실주의로부터 깊은 영향을 받은 스페인 영화감독 부누엘Luis Buñuel, 1900-1983, 아르메니아 출신 러시아 극작가 아다모프Arthur Adamov, 1908-1970, 역사가이며 루마니아 작가인 엘리아데Mircea Eliade, 1907-1986와 교유하며 지낸다. 1950년에는 프랑스로 귀화하고, 「수업La leçon」, 「자크 혹은 순종Jacques ou la soumission」 등의 희곡을 쓴다.

그는 연극이라는 장르를 좋아하지 않았다고 하면서도 희곡 공연에 50만 프랑을 쏟아 붓기도 하고, 아카키아 비알라Akakia Viala와 니콜라 바타이유가 각색한 도스토옙스키의 「악령」에서 스테판 트로피모비치Stépan Trofimovitch 역할을 맡으면서 배우로서의 경험을 쌓는다. 이를 통해 그는 연극의 실제에 대한 이해의 폭을 넓힌다. 그는 자신의 공상 속에서 태어난 인물들이 무대 위에서 살아 움직이는 것을 보고 깊은 감동을 받았던 기억을 「연극의 경험」에서 다음과 같이 적고 있다.

> 누구나 실제이기도 하고 만들어 내기도 한 살아 있는 인물을 무대에 등장시키고 싶어 한다. 우리 눈앞에서 그들이 말하고 살아 움직이는 것을 보고 싶은 욕망을 억누를 수 없다. 환영에 육체와 삶을 부여하는 것, 그것은 너무도 근사한, 무엇과도 비교할 수 없는 모험이다. 내 첫 작품을 연습하는 동안 내 상상에서 태어난 인물들이 갑자기 '녹탕빌' 무대 위에서 움직이는 것을 보면서 넋을 잃을 정도로 매혹되었다.
>
> — 『노트와 반노트 Notes et contre-notes』

이렇게 이오네스코는 극작가의 길로 들어서게 된다.

1951년 「수업」이 마르셀 퀴블리에 Marcel Cuvelier의 연출로 포슈 극장 Théâtre de Poche에서 초연된다. 이 '희극적 드라마'도 「대머리 여가수」와 반응이 다르지 않았지만 그때부터 이오네스코의 글쓰기는 희곡에 집중된다. 1952년에 「의자 Les chaises」, 1953년에 「의무의 희생자 Victimes du devoir」, 1954년에 「아메데 혹은 어떻게 거기서 벗어나지?*Amédée ou comment s'en débarrasser*」, 1955년에는 「자크 혹은 순종」, 「새 세입자*Le nouveau locataire*」, 1956년에는 「알마의 즉흥극*L'impromptu de l'Alma*」, 1957년에는 「미래는 알 속에 있다*L'avenir est dans les œufs*」, 1959년에는 「무보수 살인자*Tueur sans gages*」, 1960년에는 「코뿔소*Rhinocéros*」 같은 주요 희곡들이 연속적으로 발표된다. 스캔들 가운데 그의 작품이 꾸준히 무대에 오르면서 몇몇 학생과 지식인들만이 관심을 가졌던 데뷔 초기보다 관객층도 훨씬 넓어진다. 이에 힘입어 갈리마르 출판사는 그의 전 희곡을 출판한다.

1958년 '런던 논쟁'은 유명한 영국의 연극 비평가 티넌Kenneth Tynan과 이오네스코 사이에 논쟁의 불을 지핀다. 티넌은 이오네스코를 영국에 알리기 위해 『옵서버*l'Observer*』지에 「이오네스코: 운명의 인간?」이라는 제목의 기사를 발표한다. 그는 이오네스코 연극이 '주변적인 오락'이며 체홉, 아서 밀러, 브레히트 같은 인물들처럼 세계에 대한 인간의 관점을 사실적으로 표현하지 못하고 있다고 개탄하며 그의 작품은 "국가적 노선 위에 위치하지 않고 있다"고 평가했다. 이에 화가 난 이오네스코는 「극작가의 역할」*이라는 기사에서 예술 작품은 주의主義, 이데올로기와 전혀 관련이 없으며, '국가주의 노선'은 "현실의 다양한 측면을 축소시키는 것"이며 예술 작품은 교훈적 메시지를 주기보다는 "소통할 수 없는 현실과 소통하기 위해 노력하는 표현"이라고 밝힌다. 필립 토니비Philip Tonybee와 오손 웰스Orson wells가 이 논쟁에 참여하여 연극과 사회적 삶의 관계를 강조함으로써 논쟁은 그를 그 시대의 뜨거운 현안의 당사자로 관심을 집중시켰으며, 이 논쟁은 사실상 그의 연극의 지명도를 한층 높이는 계기가 되었다.

1960년 「코뿔소」가 프랑스에서 초연되면서 이오네스코는 극작가로서의 삶에 결정적 전환의 계기를 맞게 된다. 전해에 독일어로 번역되어 뒤셀도르프 샤우스필하우스Schauspielhaus에서 공연된 이 작품은 유명한 장-루이 바로Jean-Louis Barrault의 연출로 파리의 큰 극장인 오데옹 극장l'Odéon-Théâtre de France에서 공연된다. 이 작품에서 이오네스코는 1959년 「무보수 살인자」에서 창조했던, 자신의 분신이라고 할 수 있는 베랑제라는 인물을 다시 선보인다. 인간들이 끔찍한 짐승으로 변해 버

* 이 기사는 이오네스코의 『노트와 반노트』에 수록되어 있음.

릴 정도로 점점 개인성을 상실하고 코뿔소로 변해 가는 과정을 통해 전체주의를 격렬하게 고발한 이 작품은 국제적인 명성을 얻게 된다.

「코뿔소」, 「왕이 죽어 가다*Le Roi se meurt*」(1962)와 함께 이오네스코는 공인된 작가로서의 명성을 누리기 시작한다. 그때부터 이오네스코는 작품을 주로 공연했던 작은 극장들(녹탕빌, 포슈-몽파르나스théâtre de Poche-Monparnasse, 누보 랑크리le Nouveau Lancry, 카르티에 라탱 극장théâtre du Quartier latin)을 떠나 국가의 보조를 받는 큰 극장에서 유명한 연출가들이 이끄는 노련한 배우들과 공연을 올린다. 그렇게 해서 1960년 장-루이 바로는 「코뿔소」를 오데옹 극장 무대에, 1962년 자크 모클레르Jacques Mauclair는 「왕이 죽어 가다」를 알리앙스 프랑세즈 극장théâtre de l'Alliance française 무대에, 1966년 장-마리 스로Jean-Marie Serreau는 「갈증과 허기」를 코메디-프랑세즈Comédie-française 무대에 올린다.

1968년에 이오네스코는 '누보 클라시크 라루스Les Nouveaux Classiques Larousse' 총서에 들어가고, 1969년에는 모나코Monaco 상을, 1970년 1월 22일에는 아카데미 프랑세즈 회원에 선출된다. 그의 관객은 엄청나게 늘어났고 단순히 연극의 경계를 벗

어나 「수업」, 「걸음마 배우기 *Apprendre à marcher*」, 「결혼하는 총
각 *Le Jeune Homme à marier*」은 발레로, 『대령의 사진 *La photo du colonel*』,
「왕이 죽어 가다」는 오페라로 만들어지고, 「대머리 여가수」,
「아메데 혹은 어떻게 거기서 벗어나지?」, 「왕이 죽어 가다」는
프랑스 텔레비전에서 방영된다. 또한 이오네스코는 발레, 오
페라, 텔레비전뿐 아니라 영화까지 영역을 넓혀 「진흙 *La vase*」
이라는 제목의 영화와 시나리오 「분노 *La Colère*」, 스케치 영화
「칠죄종 *Les Sept Péchés capitaux*」을 쓴다. 어린이를 위한 4편의 동화
(1969-1970)도 쓰고, 소설 『외로운 남자 *Le Solitaire*』(1973)도 쓴다.
레지옹도뇌르훈장을 비롯한 많은 문학상을 받고 여러 나라에
서 명예박사 학위도 받는다.

　1970년 이후에는 「살인 놀이 *Jeux de massacre*」(1970), 「막베트 *Mac-
bett*」(1972), 「가방 든 남자 *L'Homme aux valises*」(1975), 「무덤으로의 여
행 *Voyages chez les morts*」(1980) 등 희곡을 발표한다. 1989년에 프랑스
2 방송은 '몰리에르들의 세 번째 밤' 행사를 주관하며 이오네스
코의 모든 작품에 경의를 바쳤으며, 1991년에는 생존 작가로
갈리마르 출판사의 플레이아드 *Pléiade* 총서에 들어가게 된다.

　이런 다양한 실험은 이오네스코가 평생 개인적 표현 양식을

찾았음을 시사한다. 『외로운 남자』 출판 후 이오네스코는 "평생 소설을 쓰고 싶었는데 그걸 기다리는 사이 연극을 했다"고 표명한다. 이오네스코의 루마니아 문학 활동을 연구했던 젤뤼 이오네스코Gelu Ionesco는 "이 표명은 놀라운 일이 아니다. 이오네스코는 자신과 자신의 모든 고통, 두려움, 강박 관념을 담은 아주 진실한 소설, 자신의 젊음과 실패에 관한 소설을 쓰기를 원했다"(『이오네스코, 상황과 관점』)라고 언급한다. 1980년 이후 그는 또 다른 표현 양식에 마음을 빼앗긴다. 평생 '단어'를 통해 표현해 온 작가는 색깔이 주는 무언의 언어에 매료된다.

4
그림, 새로운 언어를 향하여

1980년 이후 이오네스코는 건강이 나빠지고 우울증이 심해지면서 연극을 떠나 치료 삼아 그림을 그리기 시작한다. 이오네스코는 학창 시절 "역사와 산수는 잘했지만 그림 실력은 형편없었고", "그림을 잘 그리지 못했기 때문에 뒤늦게 그림을 그리기 시작했다"(『발견』)고 밝힌다. 그는 연극을 좋아하지 않았다고 말하지만 30년간 희곡을 썼고, 그림을 잘 그리지 못한다고 하면서 그림을 그렸다. 30여 편의 희곡과 비평 기사들을 쓰며 작가로서의 삶을 살았던 그가 어떻게 이런 선택을 하게 되었을까? 그는 스위스 생-갈Saint-Gall의 작은 마을에서 대부분의 시간을 보내며 수백 장의 구아슈Gouache*를 그리며 그림이 자신의 끔찍한 고통을 가라앉혀 주는 것을 느낀다. 그 시기에는 작가 활동도 접고 매일매일 그림을 그린다. 때로는 글쓰기에 대한 반감을 표시하기도 한다.

나는 단어들을 증오한다. 그래서 그림을 그린다. 단어들은 어렵고 늘 사고를 반영하지 못한다. 그림은 설명할 필요 없이 단 한 번에 모든 것을 준다 … 나는 내 희곡보다는 내 구아슈를 더 좋아한다.

—조세 메푸이, 『이오네스코: 나는 단어들을 증오한다』

* 수채화 물감에 고무를 섞어서 수채화 물감을 사용할 때보다 불투명한 효과를 내는 기법.

그림을 그리는 일이 그에게 형이상학적이고 이데올로기적이고 사회적인 문제들로부터 벗어나 자신의 감정과 미학적 감성을 솔직하게 표현할 수 있도록 해 주었고 그것이 그에게 행복감을 주었던 것으로 보인다. 사실 이오네스코는 1980년대에 갑자기 그림에 관심을 가지게 된 것이 아니다. 그의 미학과 창작에 대한 사색은 루마니아에서의 청년 시절 이미 싹트고 있었다. 1937년에 쓴 예술 비평에는 반 고흐에 대한 그의 관심이 드러나 있다. 그 이후에도 이오네스코는 꾸준히 전시회를 보러 다녔으며, 브라우너Victor Brauner, 이스트라티Alexandre Istrati, 브랑쿠지Constantin Brâncusi, 두미트레스쿠Nathalia Dumitrescu, 미로Joan Miró 같은 화가들과 친구로 지낸다. 그는 마네 같은 인상주의 화가, 터너, 렘브란트, 보슈 같은 화가들을 좋아했으며, 그림의 해방을 가져온 큐비즘, 클리Paul Klee, 고흐, 르누아르, 들라크루아Eugène Delacroix를 높이 평가하고 마송André Masson, 델보Paul Delvaux, 마그리트René Magritte, 미로 같은 초현실주의 화가들에게 많은 관심을 가졌다.

텍스트를 시각화하고 있는 많은 부분에서 미술에 대한 그의 오랜 관심을 엿볼 수 있다. 그의 희곡은 많은 부분 조형적 세계에 바탕을 두고 있다. 「자크 혹은 순종」에서 로베르트는 피카소의 인물처럼 여러 면의 얼굴을 가진 인물이다. 9개의 손가락과 3개의 코와 '베이지색 피부 위에 초록 여드름, 엷은 보라색 바탕에 붉은 젖가슴, 붉은 배꼽'을 가진 로베르트는 피카소가 그린 도라Dora Maar의 몇몇 모습을 연상케 한다. 「새 세입자」의 인물은 마그리트 그림에서 살 법한 인물이고, 「공중 보행자」는 큐비스트 그림에서 도망 나온 듯한 '반反세계의 통행인'이다. 이렇게 그림에 오랫동안 관심을 두며 연극이 그림보다 뒤져 있다고 생각한다.

클리, 칸딘스키, 몬드리안, 브라크, 피카소 이후 그림은 그림이 아닌 문학, 일화, 역사, 사진 등으로부터 벗어나고자 노력했다. 화가들은 그림의 기본 도식과 순수 형태와 색깔 자체를 재발견하고자 노력했다. 마찬가지로 연극의 인물들과 성격을 해체, 연극의 가짜 언어를 몰아낸 다음 그림에서 그렇게 했던 것처럼 순수하게 본질적인 것만을 뽑아 내어 다시 구성해야 한다.

— 「노트와 반노트」

이오네스코 연극의 심장부에는 그림이 내재하고 있다. 예술 비평가와 극작가로서의 동시적 활동이 이러한 두 영역의 표현 형태를 병행하게 만든 근원이 될 수 있다. 그는 클로드 본푸아Claude Bonnefoy에게 비장티오Byzantios에 대해 말하며 "그도 나처럼 추상 미술을 했어요. 나도 추상적인 희곡들을 썼지요. 「대머리 여가수」는 다소 추상적인 희곡이에요"(『삶과 꿈 사이에서』)라고 밝힌다.

이오네스코가 글쓰기보다 그림에 전념하기 시작한 것은 정신과 의사가 치료를 위해 그림을 그리도록 권해서라고 한다. 이오네스코는 이 새로운 형태를 시도하기 이전 글쓰기가 몹시 고통스러웠음을 밝히고 있다. "오늘도 글을 써야 한다는 생각에 두려움이 엄습한다"(『단편일기』). 심리치료를 위해 그림을 그리기 시작하면서 그의 첫 번째 데생이 1969년 창작에 대한 사색을 담고 있는 『발견』과 함께 출판된다. 그의 구아슈와 판화들은 주로 외국에서 많이 알려지고 호평을 받았다. 1970년부터 이오네스코는 제네바, 취리히, 아테네, 뮌헨, 베를린, 파리, 잘츠부르크 등에서 전시회를 연다. 1981년 「무덤으로의 여행」 출판 이후로는 더 이상 희곡을 쓰지 않고 매년 전시회를 열며 그림 그리기에 몰두한다. 일흔 살이 넘어 새롭게 시작한 화가로서의 예술 활동에 대해 이오네스코는 그 긍정적 역할을 다음과 같이 말한다.

그림은 나에게, 아직 나에게 치료이다. 내 괴로움, 내 이 수많은 끔찍한 괴로움들을 진정시켜 준다.

— 『손이 그리다: 작품 노트』

그림은 치료의 수단이기도 했지만 동시에 작가에게는 또 다른 탐구의 수단이 된다. 그는 흑·백 두 색상이 주는 가능성을 탐사하고 순수한 형태, 특히 생생한 색깔에 매료된다.

… 내가 아직 말할 수 있는 유일한 언어는 색깔이다. 단어들이 나에게 더 이상 의미를 지니지 못하고 그 모든 표현 능력을 상실한 데 비해 색깔들은 생기가 넘친다.[*]

— 『내가 그림을 그리는 이유』

---

[*] 이오네스코와 지오반니(Giovanni)의 대담.

색깔이여, 오 나의 삶, 내 마지막 말인 색깔들, … 내 우주, … 활기 넘치는 모습, 삶의 기호인 너희들

— 『간헐적 탐색 *La Quête intermittente*』

이오네스코는 말이 표현할 수 없는 것, 말이 잃어버린 것을 색깔을 통해 표현하고자 한다. 작가는 색色에서 자신을 표현하는 또 다른 언어를 발견한다. 그러나 그의 수백 장의 구아슈와 예술론을 통해 발견하게 되는 점은 그의 지속적 형태 탐구가 늘 형이상학적 탐색과 결부되어 있다는 것이다. 그의 희곡과 구아슈는 서로 닮아 있다. 구아슈들은 이상한 존재와 불안한 인간들로 가득 차 있다. 유치할 정도로 단순한 원색의 인물들은 인간이라기보다는 이상한 작은 짐승들 같다. 그림은 치료적 배출구가 된다.

그는 연극에서 이미 자신의 악몽들을 시각화했다. 인물들의 동물성, 예를 들면 「미래는 알 속에 있다」에서 로베르트는 알을 낳는 암탉이고, 「공중 보행자」의 영국 여자들은 늙은 암탉들이 된다. 「갈증과 허기」에서 경비원은 대화 도중에 여자로 변하고, 아델라이드Adélaïde는 젤라틴질의 머리를 한 유령이

며, 「공중 보행자」의 심판관은 키가 2~3미터나 되는 엄청나게 큰 인물이다. 이오네스코는 "우리로부터 짐승이 솟아날 수 있다. 우리는 짐승의 얼굴을 가질 수 있다"(『삶과 꿈 사이에서』)라고 말하며 자신의 강박 관념들을 시각화한다.

그는 자신의 꿈들을 그 이미지와 소름끼치는 모습을 통해 무대화하고, 글쓰기가 너무 고통스러워지고 단어들에서 의미를 발견할 수 없을 때 구아슈를 통해 자신의 창조물들을 시각화한다. 악몽 같은 세계는 그의 그림과 무대 이미지들을 위한 풍성한 저장고이다. 연극에서는 지성적으로 통제되어 표현되던 것이 스위스 아틀리에의 종이 위에서는 좀 더 즉흥적으로 분출된다. 작가의 언급과는 달리 사실상 이오네스코에게서 글쓰기와 그림 그리기는 완전히 단절된 별개의 행위가 아니다. 오히려 두 예술 형태는 서로서로 화답한다. 그의 강박 관념들이 형태를 달리할 뿐이다.

이오네스코는 『발견』에서 자기에게는 늘 이미지가 말보다 먼저였다고 말한다. 그림은 연극 세계의 자연스러운 배경을 형성한다. 그의 그림 여정은 희곡들과 마찬가지로 정신적 추구와 불가분의 관계에 있다. 이오네스코는 극작가로 많은 작

품을 남겼고 그 엄청난 작업은 자신의 고통을 치료하는 행위
였다. 말년의 또 다른 치료는 그림이었다.

5
"쓰는 일은 탐색하는 일이다"

알랭 브장송Alain Besançon은 "이오네스코는 늘 끊이지 않는
파렴치한 죄에 대해 어린아이의 정신으로 고통스러워했던 사
람이었다"(『이오네스코Ionesco』)고 작가를 회고한다. 작가로서의
명성과는 별도로 이오네스코의 내적 삶은 늘 고통이었고 고
통은 죽을 때까지 그가 짊어져야 했던 무거운 짐이었다. 빛의
추억은 어린 시절 은총의 한순간을 주었을 뿐, 그는 늘 어리석
음과 악의 존재에 사로잡혀 있었고 그것이 고통의 근원이 되
었다. 특히 최고의 악이라고 할 수 있는 죽음의 문제는 늘 그
를 따라다녔다.

너덧 살이 되어 난 내가 점점 늙어 가다가 죽을 거라는 걸 알아
차렸다. 예닐곱 살쯤 내 어머니도 어느 날 죽을 거라는 생각이
들었다. 그 생각에 소름이 돋았다.

— 『단편일기』

죽음은 모든 작품을 지배하는 강박 관념처럼 따라다니는
주제로, 그의 모든 탐색의 출발점이며 도착점이기도 하다. 그
는 어린 시절, 빛 속에서 현자들과 학자들이 찾을 수 없었던
것을 보고 느꼈으며 일찍이 철학과 신비주의 신학에 관심을
가지고 정신성에 관한 책들을 탐독했다. 알랭 브장송은 "그의
서재는 철학자와 신학자의 서재에 가까웠다"(『이오네스코』)고
말한다.

그가 신이라 이름 붙일 수밖에 없었던 절대에 대한 추구는
그에게 불안의 길이었으며 치료의 길이기도 했다. 이오네스
코는 정교도 교회에서 세례를 받았는데 정교도 교회가 공산
국가와 타협하고 있다는 것을 알면서도 평생 절연하지 않았
다. 젊은 시절에 그는 정교도 신학교와 부쿠레슈티 생-사바
고등학교에서 프랑스어를 가르쳤다. 가톨릭 교회도 우호적으

로 받아들였으며 아카데미 회원이 된 이후 성 도미니크회의 카레 신부père Carré와 아주 가깝게 지냈다. 심지어 잠깐 수도사가 될 생각을 하기도 했다. 그렇지만 그는 어떠한 교리 전통에도 만족할 수 없었다. 그래도 그는 기독교 신, 아브라함과 이삭과 야곱의 신에게 기도한다.

이오네스코는 1994년 3월 28일, 84세의 나이로 죽는다. 장례식은 중세 라틴가의 드문 기념물 중의 하나인 생-자르샹주 Saints-Archanges 교회에서 거행되었다. 그는 파리 몽파르나스 묘지에 묻혔으며 그의 비석에는 "내가 누구인지 모르는 채 기도하는 것이 예수 그리스도이기를 소망합니다Prier le Je Ne Sais Qui, j'espère Jésus-Christ"라는 그의 일기 『간헐적 탐색』의 마지막 구절이 새겨져 있다.

이오네스코는 예술의 본질이 '세상에 직면한다는 의식을 가지고' 스스로에게 '이것이 무엇인가?'라고 질문을 던지는 데 있는 만큼 예술은 철학이라고도 표현한다. 이오네스코에게 있어서 예술은 근본적으로 '탐색과 질문'이며, '글을 쓰는 일은 탐색하는 일'이다. 그는 예술이 발견보다는 탐구의 힘, 해결보다는 사고의 기능을 가지고 있기 때문에 '작품은 일련의 해답이 아니라 일련의 질문'이고 '설명'이 아니라 '설명의 요구'를 포함한다고 거듭 확인한다.

> 작품은 일련의 대답이 아니라 일련의 질문이다. 작품은 설명이 아니고 설명의 요구이며 해명의 요구이다. 시인은 남들이 문제를 보지 못하는 곳에서 문제를 볼 줄 아는 사람이다.
>
> — 『발견』

예술은 세계와 인간 조건에 대해 근본적인 질문을 던지고 "인간의 기쁨과 절망과 의문을 표현한다"(『해독제』). 평생 희곡을 통해, 그리고 그림을 통해 예술이 본질적으로 인간에 대한 깊은 실존적 '탐구이고 추구'임을 보여 준 그는 실존적 고뇌를 담을 개인적 표현 양식도 평생 '탐구하고' '추구'했음을 알 수 있다. 그에게 글쓰기와 그림은 구원의 수단이었으며 신을 향해 가는 임시적 길이었다.

2

아방가르드,
새로운 길 위에서

1
1950년대 파리와 신연극

1950년대 파리를 중심으로 새로운 연극 경향이 나타난다. '신연극'은 기존의 사실주의나 자연주의 연극과는 다른, 아방가르드 연극이 다루는 주제 의식과 형식 미학을 추구하는 하나의 유파로 1950년대 프랑스 파리를 중심으로 성행한 뒤 급속도로 전 세계에 파급된 일련의 극형식이다.

파리에 살면서 프랑스어로 작품을 쓴 주요 '신연극' 작가들은 프랑스인들이 아니라 아일랜드인 베케트Samuel Beckett, 루마니아인 이오네스코, 아르메니아계 러시아인 아다모프Arthur Adamov였다. 파리에는 이런 무명작가들의 작품을 눈여겨본 로제 블랭Roger Blin, 자크 모클레르, 니콜라 바타이유, 장 마리 스로Jean-Marie Serreau 같은 연출가들이 있었다. 새로운 것을 추구하는 개방적이고 지성적인 이 연출가 세대 덕분에 주네Jean Genêt의 「하녀들Les Bonnes」(1947), 아다모프의 「침입L'Invasion」(1949), 「크고 작은 책략La Grande et la petite Manœuvre」(1950), 베케트의 「고도를 기다리며 *En Attendant Godot* 」(1952) 같은 작품들이 빛을 보게 된다.

파리가 '신연극'의 중심지가 된 데는 20세기 초 아방가르드 연극의 선구자인 자리 Alfred de Jarry, 「테레지아스의 유방」을 쓴 아폴리네르를 비롯한 초현실주의자들, 기존 예술 개념에 철저히 반기를 들었던 다다이스트들, 자연주의의 파괴를 선언하고 그 실천을 시도했던 아르토 Antonin Artaud 와 비트락 등 새로운 예술에 대한 갈망으로 과감하게 도전했던 작가들의 영향이 크다.

비평가들에 따라 '반反연극 Anti-théâtre', '아방가르드 Avant-garde', '부조리 연극', '신연극' 등 다양한 이름 아래 분류되는 이 극작가들의 대부분은 전통 파괴자로 여겨진다. 외국인으로 다양한 문학과 문화에 젖어 있던 그들은 프랑스 연극의 전통적 풍토에 새로운 숨결을 불어넣는다. 제2차 세계대전 후 전쟁의 폐허 가운데, 논리적이고 합리적인 질서에 따라 움직이지 않는 부조리한 세계에 대한 처절한 경험을 바탕으로 이 작가들은 비이성적이고 황당한 세계에 대한 공포와 고통을 새로운 형식으로 풀어내었다. 그들은 부조리하고 의미가 부재한 세계를 명확하고 합리적이며 논증적인 형식으로 표현하려 하지 않았고, 부조리한 세계를 조리 있게 표현하면서 인간과 세계를 설명하려는 사실주의 연극이나 자연주의 연극이 훨씬 비현실적이라고 생각했다.

이 작가들은 전통 연극에서 준수해 왔던 인물들의 섬세하고 논리적인 심리 묘사, 희곡의 전통적 구성 체계인 제시 단계, 중간, 결말 등의 논리적 구성, 잘 다듬어진 대화 등과 같은 합리적 근거나 논증적 사고를 의식적으로 배제한다. 이로써 작품의 내용뿐 아니라 형식에 있어서도 부조리함을 부조리한 그대로 드러낸다.

전통 연극에서 노련한 솜씨로 구성된 줄거리, 섬세한 인물 묘사와 동기 설명은 필수 불가결한 것이었다. 그러나 그들의 작품에서는 정체성이나 논리적 심리를 찾아볼 수 없는 꼭두각시 같은 인물들이 등장할 뿐 아니라 처음에 깔끔하게 도입하고 마지막에 가서 해결되는, 뚜렷하게 구획 지을 수 있는 시작이나 끝도 없다. 인간성을 비추어 보고, 예리하게 관찰한 스케치로 한 시대의 풍습과 시류를 그리는 것이 좋은 작품의 과제라고 한다면, 이 작품들은 그저 꿈과 공포에 대한 생각을 반영한 것처럼 보이고, 좋은 작품의 효과가 재치 있는 언어와 잘 다듬어진 대화에서 나오는 것이라면 이 작품들은 그저 서로 연관 없는 요설로 구성되어 있을 뿐이다.

1950년 '반反연극'이란 부제 아래 초연된 이오네스코의 희곡 「대머리 여가수」는 이러한 변화의 움직임 속에서 태동한 작품으로 '신연극' 역사에 결정적 역할을 하게 된다.

2
낯섦의 미학 – 「대머리 여가수」

1950년 녹탕빌 극장에서의 「대머리 여가수」 초연은 25번 만에 막을 내렸다. 이오네스코에게는 아주 힘든 데뷔였다. 크노 Raymond Queneau, 브르통, 폴랑Jean Paulhan, 살라크루Armand Salacrou, 르마르샹Jacques Lemarchand 같은 몇몇 비평가들이 호평했지만 전통 사실주의 연극에 익숙해 있던 관객들은 당혹감을 감추지 못했고 대부분의 비평가들도 그에게 호의적이지 않았다.

「대머리 여가수」는 다른 사실주의 작품들과 별반 다를 바 없는 아주 친밀한 일상으로 시작된다. 평범한 이름의 스미스 씨는 소파에 앉아 신문을 읽고 부인은 양말을 꿰매며 저녁에 먹은 메뉴, 동네 가게의 물건 비교 등 일상적 수다를 쏟아 놓는다. 그렇지만 작품은 금방 이 영국 부르주아 실내의 일상적 현실과 전혀 다른 엉뚱한 성격을 드러낸다. 작품이 시작되며 영국식 시계가 '영국식 종'을 열일곱 번 울린다. 추시계 소리가 영국식이 될 수 없지 않은가? 그런데 열일곱 번 울리는 추시계 소리를 듣고 스미스 부인은 "어, 아홉시네"라고 말한다. 이 영국식 추시계는 작품 내내 시간의 논리를 완전히 상실하고 울린다. 그리고 우리는 이상한 지문과 마주하게 된다. '시계가 일곱 번 친다. 침묵. 시계가 세 번 친다. 침묵. 시계가 치지 않는다'(1장). 처음에는 일곱 번 치고 그 다음에는 세 번 치고 그 다음에는 전혀 치지 않는 시계에 대해 뭐라 할 수 있을까? 4장에서는 '시계가 2-1 친다.' 시간이라기보다는 축구 경기의 결과 같아 보인다. 조금 후에 시계는 '스물아홉 번을 친다.' 6장에서 '시계는 제멋대로 친다.' 7장에서는 '시계의 종소리는 경우에 따라 적당한 힘으로 대화를 강조한다.'

작품은 부르주아 가정의 일상에서 시작하지만 어느 순간 궤도를 이탈해서 엉뚱하고 환상적인 방향으로 나가기 시작한다. 스미스 부부의 집을 방문한 마틴 부부는 서로 마주보고 앉아서 "어디선가 뵌 거 같은데요"라는 대화를 시작으로, 둘 다 맨체스터 출신으로 5주 전에 그 도시를 떠나 같은 객차, 같은 칸 기차를 타고 런던에 왔고, 런던에서 같은 거리, 같은 번지, 같은 방 같은 침대에 살고 있는 부부라는 것, 게다가 그들은 한쪽 눈은 하얗고 다른 쪽 눈은 빨간 두 살 된 금발의 딸 엘리스가 있는 부부라는 것을 발견하는 기이한 상황이 전개된다. 그때 시계는 스물아홉 번을 친다.

고장 난 시계처럼 인물들에게서도 곳곳에서 이상 징후가 감지된다. 행동과 심리의 일관성을 찾을 수가 없다. 옷을 입으러 간다고 한 스미스 부부가 전혀 옷을 갈아입지 않고 돌아왔는데 스미스 부인은 정장으로 갈아입고 왔다고 말한다. 게다가 스미스 부인은 격렬하게 화를 내며 '양말을 아주 멀리 내던지고 이빨을 드러내 보이다가' 금방 '그녀의 허리를 잡고 포옹'하며 자러 가자는 남편의 애무에 아무런 반대 없이 자신을 맡긴다. 하녀 메리는 "어떤 남자하고 영화관에 가서, 여자들이

랑 영화를 봤다"고 하고, 자기 주인의 손님들 앞에서 "수풀 속에 모든 게 타오르니, 들에도 불, 성에도 불, 숲에도 불, 남자도 불, 여자도 불, 새들도 불, ⋯" 이라고 '불'이라는 시를 횡설수설 낭송한다.

커다란 헬멧을 쓴 제복 차림의 소방대장이 부르주아 가정 실내에 등장한다. 부부와 아는 사이도 아니고 안전을 위협하는 불이 나서 출동한 것도 아니다. '공무公務'로 왔기 때문에 헬멧을 벗고 앉을 시간이 없다고 해 놓고 떠날 생각은 하지 않고 의미 없는 '체험 우화'들만 늘어놓는다. 유리 가루를 너무 많이 먹은 수송아지가 암소를 낳은 이야기, 개처럼 보이고 싶어 했지만 실패한 수탉 이야기, 돈 달라는 뱀의 청을 거절하고 달아나다가 이마를 정통으로 맞아 "난 네 딸이 아니야"를 외치며 산산조각이 난 여우 이야기, 스물다섯 줄의 긴 문장으로 "캐나다에서 그 여자의 부친을 키워 준 어떤 할머니의 숙부는 목사였는데, 그 목사의 조모께서는 겨울이면, 다들 그렇듯이, 때때로 감기에 걸렸답니다"(8장)로 끝나는 머리도 꼬리도 없는 비상식적이고 의미 없는 이야기를 나열한다. 그리고는 소방대장은 "대머리 여가수는요?"라는 수수께끼 같은 질문을 던지고 "4분의 3시간 16분 후에 다른 곳에서 불이 날 예정이기 때문에" 화재를 진압하기 위해 가야 한다고 나간다.

종과 정체성과 성과 기능이 뒤죽박죽이 된 이 악몽 같은 환상적 이야기는 '체험 우화'에만 국한되지 않는다. 스미스 부부, 마틴 부부, 메리, 소방대장이 전통 연극의 인물들처럼 등장하고 만나고 대화를 나누지만 역할도, 기능도, 개성도 없어 구별이 불가능한 생명체들이다. 스미스 씨는 남자이고, 스미스 부인은 여자일까? 스미스는 자기 부인이 자기보다 훨씬 여성적이라고 말한다.

마틴 부인 (스미스에게) 정말 다들 부러워할 만한 부인을 두셨
　　어요.
스미스 맞아요. 게다가 지적이죠. 저보다 지적이에요. 또 훨씬
　　여성적이고요. 다들 그래요.

— 「대머리 여가수」* (8장)

* 「대머리 여가수」 분석에서 본문 번역은 외젠 이오네스코, 오세곤 옮김, 「대머리 여가수」, 민음사, 2003을 사용함.

스미스 부부의 집을 방문한 마틴 부부는 오랜 대화 끝에 서로가 같은 집에 살고 있는 부부임을 확인하고 서로의 진짜 이름인 도널드와 엘리자베스로 부른다.

마틴 그럼 이제 의심할 여지가 없습니다. 우리는 분명히 만난 적이 있고, 당신은 제 아내입니다 … 엘리자베스, 다시 만났구려.

마틴 부인 도널드, 바로 당신이었군요.

(4장)

그렇지만 하녀 메리는 그들이 확실한 부부 사이가 아닐 수도 있다는 의심을 불러일으킨다.

메리 지금 두 분은 너무 행복해서 제 얘길 못 듣습니다. … 엘리자베슨 엘리자베스가 아니고, 도널드는 도널드가 아닙니다. 왜냐하면 도널드가 말한 애는 엘리자베스의 딸이 아니거든요. … 자신이 도널드라고 믿고, 자신이 엘리자베스라고 믿어도 소용없습니다. 또 상대방을 엘리자베스라 믿고, 상대방을 도널드라 믿어도 소용없습니다. 둘 다 완전 착각을 한 거죠. 그럼 누가 정말 도널드고, 누가 정말 엘리자베스일까요?

(5장)

마틴 부부는 서로 모르는 사이임에도 부부라고 착각한 걸까? 부부인데 이름만 착각한 걸까? 확인할 길이 없다. 이렇게 말하는 하녀 메리는 자신의 본명이 '셜록 홈즈'라고 한다. 특별한 사건도 없는데 무대에 사설탐정이 무슨 소용이 있는가? 게다가 유명한 사설탐정의 추론은 그로테스크하기 이를 데 없다.

「대머리 여가수」에서는 정체성을 믿을 만할 인물들이 없다. 모두 그 정체성이 미심쩍고 모호하다. 현실이 낯설고 그로테스크해진다. 이 세계에는 스미스 부부가 말한 보비 왓슨 가족, 부인도 이름이 보비 왓슨이고, 아들과 딸도 이름이 보비 왓슨이고 백부, 백모, 사촌, 할머니, 다른 백부와 다른 사촌, 심지어 개의 이름까지 보비 왓슨인 이름이 똑같은 가족이 산다. 작품 끝에서 스미스 부부 자리에 마틴 부부가 앉아 작품이 다시 시작된다. 어떤 개인성도 존재하지 않고 일종의 마그마를 형성하는 구별이 불가능한 인간, 모두가 모두를 닮은 세계임을 말해 주는 기호이다.

이오네스코는 이 낯선 세계를 극단으로 밀고 간다. 이 세계에 사는 생명체들의 언어를 통해서이다. 버석거리는 이 생명체들의 언어는 모래알처럼 하나하나 부서진다. 의미 체계에서 벗어난 언어는 문장 자체로, 단어 자체로, 알파벳으로, 그냥 의미 없는 소리로 변해 간다. 그들의 말은 도무지 무슨 의미인지 이해할 수가 없다.

마틴 감기가 들 때는 리본을 먹어야 해요.

스미스 쓸데없는 조심이에요. 하지만 절대적으로 필요해요.

(8장)

마틴부인 전 오빠한테 주머니칼을 사줄 수 있어요. 하지만 조부님께 아일랜드를 사드릴 수 있으세요?

스미스 인간은 이동은 발로 하지만, 몸은 전기나 석탄으로 덥혀요.

마틴 오늘 황소를 팔면, 내일은 달걀 주인이 되죠.

...

마틴 천장은 위에 있고 마루는 밑에 있어요.

…

스미스 부인 학교 선생님은 애들한테 읽기를 가르치지만, 고
　　　　양이는 어린 새끼들한테 젖을 먹여요.

마틴 부인 하지만 암소는 우리한테 꼬리를 주죠.

…

마틴 부인 전 손수레에 실린 양말보다는 들판에 있는 새가 더
　　　　좋아요.

스미스 궁전의 우유보단 오두막에서 먹는 고기가 낫죠.

…

마틴부인 바깥양반 관棺을 주시면, 우리 시어머니 실내화를 드
　　　　릴게요.

…

마틴 황소를 훔치느니 달걀을 낳겠소.

(11장)

화려한 말잔치는 음의 장난, 음성 잔치가 되어 간다.

스미스는 "깡총, 깡총, 깡총, 깡총", 스미스 부인은 "웬 깡통,

웬 깡통, 웬 깡통, 웬 깡통", 마틴은 "깡통 아니고 깡총, 깡통 아
니고 깡총, 깡통 아니고 깡총, 깡통 아니고 깡총", 마틴 부인은
"깡총, 깡충, 껑충, 껑청, 껑껑"이라고 소리 지르며 인물들의
적개심이 고조되고 신경질적이 된다. 그들은 서로의 소리조
차 듣지 않은 채 이 음성의 유희에 몸을 맡긴다.

마틴 부인 꿀꿀이 족속들. 꿀꿀이 족속들.

마틴 뽕뽕이. 뽕뽕이.

스미스 부인 크리슈나무르티, 크리슈나무르티, 크리슈나무르티.

…

마틴 부인 바자, 발박, 바젠.

마틴 비자르, 보자르, 베제르!

(11장)

언어가 산산조각 난다. 단어조차 붕괴되어 음절과 알파벳
으로 남는다.

스미스 아, 세, 이, 오, 우, 아, 세, 이, 오, 우, 아, 세, 이, 오, 우.

마틴 부인 비, 시, 디, 휘, 기, 리, 미, 니, 피, 히, 시, 티, 뷔, 지, 쥐.

(11장)

　'분노의 절정에서' '서로서로의 귀에다 대고 고래고래 소리를' 지르며 '칙칙 폭폭' 기차소리를 내며 '그' '쪽' '아' '냐' '이' '쪽' '이' '야'를 소리치는 작품 끝에 이르면 부르주아 실내는 양식의 세계를 떠나 미치광이 세계가 된다.

　말이 의미로부터 유리되어 소리가 된 세계, 소리를 반복하는 자동인형들의 그로테스크한 세계, 스미스 부부의 평범하고 일상적인 대화로 시작된 작품은 이상하고 괴이한 세계에 이른다. 모든 인물의 이름이 보비 왓슨이고, 추시계는 자기 마음대로 울리고, 마틴 부부는 서로가 부부인지 아닌지 모른다. 그들의 딸은 빨간 한쪽 눈과 하얀 한쪽 눈을 가지고 있고 하녀는 자기가 명탐정 셜록 홈즈라고 한다. 무의미한 헛소리가 곧 언어인 이 환상적인 세계에는 병적 다변증 환자들만 산다. 사고와 감동과 진정한 실존이 있는, 영혼이 있는 우리의 현실이 아니다. 실체가 텅 빈, 괴이하고 낯설어서 환상적이기까지 한 세계이다. 이오네스코는 여러 번에 걸쳐 '세계가 낯설다는 느낌'이 「대머리 여가수」의 출발점이 됐다고 밝히고 있다.

　출발점: 생소한 말을 하는 사람들, 쭉정이 지식들, 의미 없는 몸
　짓들, 세계가 낯설다는 느낌.

—『삶과 꿈 사이에서』

　이오네스코는 이 작품에 '반反희곡'이라는 부제를 달았다. 그동안의 연극이 지속적 성격이 있는 인물들, 일관성 있는 줄거리, 논리적 대화를 통해 통일성 있는 세계관을 제시해 왔다면 그 점에서 이오네스코의 「대머리 여가수」는 반反연극이다. 기존의 연극과 반대되기 때문이다. 일관성 있는 성격이 결여된 정체성 없는 인물들, 특별한 줄거리도 없고 끝까지 작품에 등장하지도 않는 대머리 여가수, '소리 껍데기'로 전락한 대사들 등 1950년대 관객들에게 이것은 기존의 연극과는 반대되는 연극이었다. 관객들은 이 작품이 횡설수설할 뿐 현실을 충실하게 반영하는 작품은 아니라고 느꼈다. 일종의 '현실 와해'가 일어난다.

나에겐 현실을 와해시키는 것이 문제였다. 의미 없는 소리 껍데기가 되어 버린 단어들, 심리가 빠져나가 버린 인물들, 세계가 이상한 빛 가운데 모습을 드러냈다.

— 『노트와 반노트』

이오네스코는 우리의 평범한 일상에서 끌어낸 일상적 사건을 변화시키고 변형시키면서 일상을 강력한 악몽으로 만든다. 그 악몽 속에서 실체가 텅 빈 기이한 세상, 비실재적인 세계와 처음으로 대면하게 만듦으로써 '낯섦', '놀라움'을 느끼게 한다. 이 세계는 평범한 일상의 부조리한 삶을 환상적으로 보일 만큼 극단으로 밀어붙여 현실과의 괴리를 만들지만 이 이상한 세계가 바로 부조리한 우리의 현실임을 발견하는 것은 어렵지 않다. 짐승같이 변화된 현실과 실존이 벌거숭이 상태로 속살을 드러낸다. 이 반反연극은 전혀 현실적이지 않을 것 같은 것에 깊이 뿌리내리고 있는 병든 현대 사회의 모습을, 그 부조리한 모습을 그대로 보여 주고 있다. 부부임에도 서로를 알아보지 못하고 언어가 소통의 수단이 아니라 소리의 껍데기가 되어 버린 메마르고, 텅 비고, 외로운 현대인의 자화상을 그 괴물적 이미지를 통해 재현하고 있다.

3
언어에 대한 사색 – 「수업」

베르트랑 푸아로-델페슈Bertrand Poireau-Delpêche는 "이오네스코는 베케트와 더불어 현대의 큰 불안에 적합한 연극 언어를 빚어낸 첫 번째 작가로 남을 것이다"(『르 몽드』, 1970년 1월 24일)라고 평가했다. 1950년 6월 쓰이고 1951년 2월 20일 포슈 극장에서 초연된 '희극적 드라마' 「수업」은 「대머리 여가수」와 더불어 1957년부터 지금까지 위셰트 극장에서 장기 공연되는 작품이다. 오늘날에는 「대머리 여가수」와 더불어 프랑스에서 가장 많이 공연되는 작품의 하나로 꼽히지만 처음에는 「대머리 여가수」와 마찬가지로 관객과 비평가들로부터 외면당하고 환영을 받지 못한 작품이다.

「수업」은 언어의 문제가 중요 관심사로 다루어지는 작품이다. 이오네스코가 「대머리 여가수」에서 고장 나서 터져 버리는 언어, 그 '언어의 비극'을 쓰고자 했다면 「수업」에서는 언어학적 재료를 취해 그 목적을 변질시킴으로써 언어가 테러리즘의 동의어로, 그릇된 권력의 도구가 된다. 이 작품은 작은 시골 마을 교수의 집에 한 여학생이 강의를 들으러 찾아오는 것으로 시작된다.

여학생은 명랑하고 예의 바르며 자신의 의사와 감정을 분명하게 표현하는 데 비해 교수는 말을 더듬고 신경과민의 불안한 모습을 보인다. 교수는 처음에는 "프랑스의 수도가 어디냐?", "사계절이 뭐냐?" 등 간단한 질문을 던진다. 산술 수업을 시작하면서 "1 더하기 1은?", "2 더하기 1은?" 하는 질문에 "2, 3"이라고 대답하는 학생에게 학문이 깊다며 전체 박사 학위를 따는 것도 어렵지 않을 만큼 학생이 똑똑하다고 부추긴다. 처음에 말을 더듬던 교수는 산술 수업을 시작하며 '위엄 있게' 언어를 사용하기 시작한다.

교수 엄밀하게 말하자면, (산술은) 학문이라기보다는 방법론이라고 말할 수 있죠. 또 치료술이기도 하고 ···. — 「수업」

간단하고 쉬운 질문을 하던 교수는 수학적 정의와 함께 덧셈, 뺄셈을 자유롭게 다루면서 소심해 보이던 처음의 모습과는 달리 급속히 공격적으로 변해 간다. "수학의 기본형을 이해하지 못하면 이공대학 공부를 할 수 없다", 곱셈의 답을 모조리 외웠다는 학생에게 산술은 "귀납적이고 연역적인 수학 논리에 의해 산출해야 한다"고 야단친다. 교수의 집에 들어설 때는 자신감 있고, 활발하고, 활동적이던 소녀는 차츰 주눅이 들어 가며 교수의 질문에 주저하고 엉뚱한 대답을 하면서 공포에 사로잡혀 간다. 반대로 교수의 행동은 역방향으로 변화한다. 확신에 가득 찬 여학생 앞에서 약간 허리가 굽은 50대의 교수는 처음에는 지나치게 수줍어하며 작은 목소리로 말하고 당황하여 사과를 하고 말도 더듬었는데 강의가 진행됨에 따라 점점 자신감을 가지고 학생을 야단치고 잘난 척하기 시작한다.

교수 그 문제는 이제 접어 둡시다. 얘기가 너무 멀어지겠어요.
수만이 있는 게 아니라는 걸 알아 두도록 해요 ….

교수 전체적인 결론은 나중에 내도록 하죠.

교수 그게 바로 철학이에요. 그게 바로 과학이고, 진보고, 문명
   이라고요.

급기야 여학생의 산술 실력이 형편없다고 판단한 교수는
부분 박사라도 받으려면 언어학과 비교언어학의 요소들을 배
워야 한다고 말한다. 하녀가 들어와서 언어 강의는 '최악의
사태'를 가져올 거라고 경고하지만 교수는 가서 설거지나 하
라고 하면서 자신은 어른이니 상관하지 말라고 거칠게 말한
다. "15분이면 신스페인어와 비교언어학의 기본 원리를 깨우
치게 될 것이다"라고 장담하며 교수는 말을 쏟아 놓는다. 교
수는 자신의 말에 취해 학생의 말을 거의 듣지 않는다. 여학
생은 교수의 말에 감탄하고 매료되기도 하지만 점점 이해할
수 없는 말들의 증식에 여학생의 정신은 몽롱해지고 수동적
상태에 빠진다. 여학생은 짧은 대답을 하다가 급기야 이가 아
프다고 호소한다. 육체에 가해지는 언어의 힘, 교육이 가하고
있는 고통에 대한 상징이 될 수 있는 이 징후에도 교수는 개

의치 않고 자신의 말을 계속 쏟아 놓는다.

신스페인어의 모체가 되는 언어, 신스페인어군의 구별, 음절, 음성, 연음, 발음, 단어의 어근, 스페인어로의 문장 번역 등으로 숨 가쁘게 강의가 이어지면서 여학생의 "이가 아프다"는 표현이 점점 잦아지자 교수는 극도로 흥분하며 "이가 아프다구! 이가! 이가! 내가 뽑아 주겠어, 내가!"라며 폭력적 반응을 보이기 시작한다. 언어의 폭력은 그것이 육체에 대한 폭력으로 이어질 징조로 나타난다.

교수의 점진적인 감정의 고조와 여학생의 점진적인 순종과 약화가 팽팽한 균형을 이루며 긴장감이 점차 고조되어 간다. 급기야 교수는 자신의 하녀에게 여학생에게 '식칼'이라는 단어의 모든 번역을 알려 줘야겠다며 칼을 가져 오도록 시킨다. '식칼'이라는 단어를 여러 번 반복하게 하는 교수에게 못 이겨 여학생은 '식칼'이라는 단어를 여러 언어로 반복하게 된다.

교수 다시, 다시 한 번, 식칼 … 식칼 … 식칼 ….

학생 아파요 … 목구멍이, 식 … 아 … 어깨도 … 가슴도 … 식칼 ….

교수 식칼 … 식칼 … 식칼 ….

학생 허리가 … 식칼 … 허벅지가 … 식 ….

교수 발음을 잘해 봐요 … 식칼 … 식칼 ….

학생 식칼 …, 목구멍이 ….

교수 식칼 … 식칼 ….

학생 식칼 … 어깨가 … 팔이, 가슴이, 허리가 … 식칼 … 식칼 ….

　　　　　　　　　　　　　　…

학생 식칼 … 가슴이 … 배가 ….

　지식의 전수가 힘과 순종이라는 지배관계로 나타난다. 그
래서 가르치는 자의 우월성은 사디즘의 형태로 성적 지배와
연결된다. 교수의 현란한 말은 유혹과 에로틱한 침입으로 향
해 간다. 살인의 순간, 교수는 일종의 주문을 걸며 여학생을
포위한다. 여학생으로 하여금 칼을 응시하고 '칼'이라는 단어
를 반복하게 하면서 인디언들이 전승을 축하하는 춤을 추듯
이 여학생의 주위를 돌며 일종의 최면을 건다. 작품은 성적
제의에 해당하는 살인으로 끝난다. 이오네스코는 『해독제』에
서 「수업」의 의미가 '강한 욕망의 힘'이라고 말한다.

「수업」의 의미를 찾는다면 그건 강한 욕망의 힘이다. 극도로 강한 욕망의 비합리성. 본능은 문화보다 더 강력하다. 「수업」은 강간의 이야기다. 교수가 학생에게 산술과 비교언어학을 가르쳐 보았자 아무 소용이 없다(비교언어학이 살인의 원인이 된다!). 더욱 강력한 다른 일이 일어난다.

— 『해독제』

「수업」에서의 사랑은 이오네스코의 표현대로 '강간', 즉 변질된 사랑이다. 이러한 변질과 사디즘적인 강간을 통하여 이오네스코는 언어가 지식을 전달하는 수단이 아니라 폭력의 수단으로 사용될 수 있음을 보여 준다. 지식의 매개 수단이 되어야 할 언어가 그 현란한 사용으로 인하여 스스로를 지식으로 확신하는 불안한 언어의 위력, 지식이 인간을 노예화하는 사악한 도구가 된다. '식칼'이라는 단어의 반복은 이, 귀, 어깨, 허리, 허벅지, 배 등 자신의 존재를 포기할 정도로 터무니없는 절대적 복종을 요구한다. 그러면서 작품 시작에 언어와 현실 사이에 존재하던 허약한 끈이 끊어지고 유혹의 뒤를 폭력이 잇게 된다. 교육자의 말과 배덕이 학생을 죽음으로 내몬다.

이 작품은 교수의 언어라는 거미줄*에 의해 점점 조여져 정신적으로, 육체적으로 고갈되어 가는 한 존재의 점진적인 파괴를 그리고 있다. 교수는 지식을 미끼로 하는 언어를 활용하여 권력에 대한 자신의 욕구를 드러낸다. 힘의 의지가 그를 사로잡자, 수줍어하고 비굴할 만큼 정중한 태도를 보이던 교수는 180도 변해서 '음탕한 눈빛은 마침내 그칠 줄 모르는 탐욕의 불길'이 되며 그 성적 욕망을 드러낸다. 여학생은 성행위의 가학적 대용품이 된다.

살인자와 희생자는 동시에 '아!' 하고 비명을 지른다. … 최초의 일격 이후에도 교수는 다시 칼로 죽은 학생을 아래에서 위로 찔러 댔다. 그리고 교수는 눈에 띄게 심한 경련으로 온몸을 떤다.

칼로 상징화되는 교수의 언어는 여학생의 정신적 측면뿐 아니라 육체적 파괴까지 초래하게 되는데 거기에 지식의 어두운 측면이 있다. 언어학 강의 끝에 흥분이 절정에 이른 교수

---

* 이오네스코의 표현. "건강한 소녀가 교수라는 일종의 거미줄에 옭아매어질 때 그것은 강간보다 더한 흡혈귀의 짓이죠"(이오네스코, 『삶과 꿈 사이에서』, 110쪽).

가 언어적 폭력에 그치지 않고 여학생의 팔목을 비트는 등 신체적 폭력을 가하기 시작하자 여학생은 자신의 치통을 교수가 인정하게 하기 위해 노력한다. 교수가 완전히 고장 난 기계처럼 "나쁜 학생이로군. 이러면 안 되지, 안 돼, 안 돼, 이러면 안 되고말고 …"를 반복할 때 수업은 새로운 국면을 맞이한다. 여학생은 결정적으로 "말씀 … 듣고 … 있어요 …", "좋으실 대로 하세요 … 결국 …"이라고 의지를 꺾는다. 교수가 칼을 찾으러 가는 동안 여학생은 혼자서 허공을 바라보며 넋이 나가 있다. 이렇게 「수업」은 언어가 인간 존재의 파괴에 대해 책임이 있음을 보여 주고 있다. 의사소통의 수단, 배움의 전달 수단으로 그쳐야 할 언어가 교수의 정돈된 사용으로 마력적 힘을 지니게 되면서 그 불안한 징후가 감돌게 된다. 예의 바르고 똑똑하게 자신의 의사를 표현하던 여학생을 터무니없을 정도로 복종하게 만들고 존재를 포기하도록 만들어 버린 언어의 엄청난 주술적 효용성, 그때 '식칼'이라는 단어는 진짜 식칼이 되어 사람을 죽인다.

교수   … 식칼이 죽여 ….

학생 (약한 목소리로) 네, 네 … 식칼이 죽이다니요?

언어가 행위의 주체가 된다. 말이 칼이 되어 사람을 죽인다. 그런데 더욱 심각한 것은 살인이 계속된다는 점이다. 「수업」에서 살인은 교수의 40번째 살인이기 때문이다. 이러한 범죄의 증식은 제어되지 않는, 한 번에 충족되지 않고 끝없이 반복될 수밖에 없는 광기의 기호이다. 학생들을 죽음으로 몰고 가는 이 충동적 광기가 얼마나 강한지 하녀는 "학생이 남아나지 않을 것이다"라고 말한다.

작품의 끝에서는 처음의 상황과 똑같이 모든 것이 다시 시작된다. 하녀가 나타나 교수의 뺨을 갈기지만 그는 40번째 관을 가져오게 하고, 41번째 학생이 수업을 받으러 찾아온다. 하루에 40명의 학생을 죽이는 교수, 이 반복은 인간이 벗어날 수 없는 불길하고 피하기 어려운 운명의 비극, 그 부조리한 상황을 강조하는 기호다. 제어할 수 없는 욕망, 끝없이 되살아나는 욕망에 밀려 인간은 똑같은 행위, 똑같은 잘못을 범할 수밖에 없다. 반복되는 기계성의 파괴적 측면, 다시 한 번 언어의 파괴 뒤로 그 피할 수 없는 당연한 결과물인 모든 사회의 죽음이 스친다.

언어의 파괴는 아방가르드 작가들의 가장 중요한 특성 중의 하나다. 언어는 전통 연극에서 아무런 의심 없이 세계를 표현하는 하나의 수단으로 여겨져 왔고 연극 표현에 있어서도 하나의 본질로 존중돼 왔다. 사람들 사이의 의사소통을 위한 수단으로, 인물들의 사고, 감정, 의도를 밝혀 주는 데 사용되어 온 언어는 이오네스코 작품에서 심각한 조롱의 대상이 된다. '언어의 비극'을 그리고자 했던 「대머리 여가수」의 진짜 주인공은 언어이다. 언어가 비극의 주인공이 된다.

언어가 와해되고 인물들이 해체되었다. 의미가 빠져 버린 부조리한 말들이 난무한다. 내 주인공들은 대사나 최소한의 절이나 낱말이 아니고 음절이나 자음, 또는 모음에 자신을 맡기고 있기 때문에 모든 것이 이유를 알 수 없는 싸움으로 끝난다.

― 『노트와 반노트』

언어가 대화가 아니라 헛소리로, 의미를 잃은 소리로 변한 언어가 고장 난 세계, 사람과 사람 사이의 의사소통 기능을 수

행하지 못하는 고장 난 언어, 그 언어의 죽음을 무대화한 것이 「대머리 여가수」이다. 언어는 작품의 주인공이 되어 스스로를 파괴하고 죽음을 맞이한다.

「대머리 여가수」가 언어의 벌레스크burlesque하고 황폐한 폭발을 통해 언어가 효용성 없이 사용되고 있음을 보여 줬다면, 「수업」에서 언어의 고발은 더욱 강력하다. 여기서는 언어가 통일성있게 정리되고, 장식되어 사용된다. 「수업」은 잘 정돈된 말, 즉 의미를 지녔다고 하는 말의 악용이 존재를 파괴하는 데 책임이 있다는 것을 제시하며 언어의 매혹적 힘을 문제삼는다. 이 언어는 위험하고 폭력적이다. 이오네스코는 "나는 언어의 의도적인 변형과 파괴를 증명하고 그것을 고발한다"(「노트와 반노트」)고 말한다. 그에게 글을 쓴다는 것은 언어의 훼손을 고발하는 것이 된다. 삶에서 유리된 언어는 음절, 모음, 자음의 형태로 존재하다가 급기야 「코뿔소」에서는 무소 울음소리만이 유일한 언어로 남아 작품을 뒤덮기도 한다. 이오네스코는 이렇게 언어가 심각한 병에 걸린 현대 세계를 그림으로써 삶과 소통, 지식과 행동의 방편으로서의 언어에 대해 숙고하게 한다.

4
정신/물질 – 「자크 혹은 순종」

「자크 혹은 순종」은 1950년 씌었고 1955년 10월 13일 위세트 극장에서 초연되어 호의적인 평가를 받았다. 이오네스코는 클로드 사로트Claude Sarraute와의 인터뷰에서 "인간 조건에 거부하다가 결국 순종하게 되고 마는 자크의 이야기입니다. 그는 퇴폐한 세계 속에 빠지지 않으려고 애쓰지만 결국 실존의 올가미에 걸리도록 자신을 방치함으로써 일종의 생물학적 평온함에 몸을 맡기게 됩니다"라고 작품을 설명한다.

주인공 자크는 가족과 사회가 자신에게 부여하는 타협을 견디지 못하는 젊은이다. 자크 집안의 모든 구성원들은 이 반항아가 자기들이 그를 기르기 위해 한 모든 희생을 잊어버림으로써 집안의 희망을 좌절시켰다고 분노한다. 자크 아버지의 표현을 빌리자면, '좋은 전통을 지닌 집안'인 이 부르주아 가정의 인물들은 집안 전통을 이을 자크에게 터무니없는 규제들을 가한다.

사랑은 지나치고 이기적이다. 그를 위해 모든 것을 했다는 어머니의 눈물과 누이동생의 분노 앞에서 처음에 '베이컨 곁들인 감자'를 거부하던 자크는 순종하기로 결심하고 "좋아요, 네, 네, 베이컨 곁들인 감자가 너무 좋아요"라고 타협의 말을 한다. 한 번의 타협을 이끌어 낸 자크 가족들은 이번에는 그를 결혼시키려고 의기투합한다. 거기에 미래의 약혼자와 장인·장모가 될 로베르트 가족이 합세한다. 예복을 입고 나타난 로베르트 앞에서 자크는 신부가 코가 두 개라 싫고 적어도 코가 세 개는 되어야 하지 않겠느냐며 거부한다.

부모들은 또 다른 신부 로베르트 II를 대령한다. 그녀는 로베르트 가족의 또 다른 딸이다. 그녀는 앞의 신부와 모든 점이 유사하지만 코가 셋인 점만 다르다. 이번에도 자크는 코가 셋인 신부가 충분히 추하게 생기지 않아서 싫다고 거절한다. 가족들이 한탄하면서 화를 내고 나가자 로베르트 II의 아버지는 그녀를 자크와 함께 남게 한다. 자크와 마주하게 된 로베르트 II는 조금씩 그의 관심을 끌며 유혹하기 시작한다. 그녀는 자신의 이중적 특성과 꿈들을 이야기한다. 그러자 점점 그녀에 대해 믿음을 가지게 된 자크는 자신에 대해서도 이야기하기 시작한다. 숨 가쁘게 이야기를 늘어놓는 자크의 갈증을 끊기 위해 로베르트 II는 스스로를 물이고, 샘이고 늪이라고 말하며 자크를 품에 안는다.

> **로베르트 II**　이리 와 … 아무 걱정 말고 … 난 젖어 있어 … 이
> 진흙 목걸이, 녹아내리는 가슴, 물렁물렁한 내 골반, 내
> 벌어진 틈에는 물이 고여 있어. 난 점점 **빠져들어** 가고 있
> 어. 내 진짜 이름은 엘리즈야. 내 뱃속에 연못이, 늪이 …
> 내 진흙 집 ….

이 유혹의 장면을 이어 자크는 로베르트를 껴안고 그녀의 세 코에 키스를 한다. 그동안 두 가족이 되돌아와서 이 정숙하지 못한 커플을 둘러싸고 우스꽝스러운 춤을 춘다. 무대가 점점 어두워지며 짐승 소리, 신음 소리, 우는 소리가 들린다. 빛이 꺼졌다가 다시 희미한 빛이 들어온다. 모두가 사라지고 로베르트 II만 남아 옷 속에 파묻혀 웅크리고 있다. 세 코의 창백한 얼굴이 흔들리고 아홉 손가락이 뱀처럼 움직이는 것이 보인다.

자크는 사회와 그 규범에 대한 혐오감에 사로잡혀 있는 인물이다. 그는 자신이 처한 실존적 상황에 대해 반항한다.

자크 … 이러한 상황을 받아들이고 싶지 않았어요. 분명한 의사를 밝혔죠. … 사람들은 치료법을 찾아보겠다고 했어요. … 난 고집을 피웠죠. 그들은 날 만족시킬 방도를 찾겠다고 했어요. 맹세하고 또 맹세했죠. … 그들로부터 멀리 떨어져 사는 것이 좋겠다고 선언했더니 내가 몹시 그리울 거라고 대답했어요. 그래서 절대적인 조건을 내걸었죠! 변해야 했다고 대답하더군요. 내 기분을 풀어 주기 위해 나에게 초원과 산과 바다와 … 별과 성당들을 보여줬어요. 초원은 나쁘지 않았어요. 하는 대로 내버려 뒀어요! 모든 게 속임수였어요. 아, 그들은 날 속였어. 수 세기가 지나가 버렸어! 입으로는 친절한 말을 내뱉으며 이빨사이에는 피투성이 칼을 물고 있는 인간들 … 아시겠어요? 그들이 날 속인 거라고요 …. 어떻게 나간다? 문과 창문을 막아 버렸어. … 기필코 나가야 해. 다락방으로 나갈 수 없으면 지하실로 가야 해. 거기 있는 것보다는 지하로

가는 게 낫겠어. 그 어떤 것도 지금 상황보다는 낫겠지.

  모두가 자크를 가둬 놓으려고 한다. 방은 밀폐되어 있고 '좁고 낮은' 문으로만 어렵게 빠져나올 수 있다. 이 문을 통해 가족들은 그를 엄격하게 감시한다. 그는 방에 갇혀 거기서 빠져나올 수가 없다. 자크가 속해 있는 가정은 부르주아 가정이다. 그는 순종을 통해 가족의 통일성을 공고히 할 수도 있고 거부를 통해 가정을 폭발시켜 버릴 수도 있는 중심적 존재다. 부모가 그에게 이름을 주는 것이 아니라 그의 이름이 다른 가족들에게 이름을 부여한다. 성姓에 가까운 그의 이름은 세대와 성을 구별하는 변별적 용어로 기능한다. 어머니 자크, 아버지 자크, 할머니 자크, 할아버지 자크 …. 자크의 짝인 로베르트 가족은 로베르트가 여성임을 생각해서인지 남성 이름 로베르를 본따 어머니 로베르(딱 한 번 어머니는 로베르트로 불림), 아버지 로베르로 불린다.
  가족별 이름이 같은 이 인물들은 개인적 정체성이 없이 가족 그룹으로 존재한다. 모든 가족 구성원이 연대해서 '베이컨 곁들인 감자'가 싫다는 자크를 '베이컨 곁들인 감자'가 좋다고 말하도록 만든다. 결국 그의 순종을 끌어내고는 그 유리한 상황을 이용해 이번에는 결혼을 시키려고 한다. 결혼하기 싫다는 그를 결혼하도록 이끌고 간다. 자크의 반항은 생물학적 법칙과 실용주의적 환경에 꺾이고 만다. 그는 로베르트의 유혹에 쾌락의 희생자가 된다. 유혹의 장면이 끝나자 마지막 장면에서 껴안고 있는 커플 주변을 온 가족이 돌며 원무를 춘다. 씨족의 승리를 알리는 일종의 제의적인 춤으로 보인다.

아이러니하게도 이오네스코는 「자크 혹은 순종」을 '자연주의 희극'으로 명명했다. 그는 현실보다 더 이상한 것은 없다고 생각하고 여러 차례에 걸쳐 그것에 대해 언급한다.

산문적인 것과 시적인 것, 일상적인 것과 괴이한 것을 대립시켜 볼 수 있을 것이다. 「자크 혹은 순종」에서 그것을 시도해 보려고 했다. '자연주의 희극'이라는 제목을 붙였는데 자연주의 톤에서 출발해서 자연주의를 초월해 보려고 했기 때문이다.

― 「노트와 반노트」

「자크 혹은 순종」은 「대머리 여가수」나 「수업」에서처럼 평범한 일상에서 시작해서 괴이한 상황으로 변화해 간다. 순응주의에 매몰된 부르주아 세계는 망가진 소파, 흔들리는 의자, 다 떨어진 실내화 등을 통해 그 일상적 모습을 드러낸다. 그렇지만 자크를 빼고 모두가 쓰고 있는 가면의 사용은 가족 구성원들을 하나의 동일 그룹으로 양식화하여 자크의 고독과 대비시킴으로써 사실성에서 벗어나기 시작한다. 가면을 쓰지 않고 있는 자크가 다른 인물들보다 더 사실적으로 보인다.

작품이 자연주의 톤에서 초현실적 분위기로 치닫게 되는 것은 로베르트의 출현과 함께이다. 두 개의 코를 가진 로베르트 I, 세 개의 코를 가진 로베르트 II는 초현실주의 그림에서 튀어나온 인물 같다. 세 개의 코를 가진 로베르트 II는 세 측면의 얼굴을 가진 인물이다. 세 얼굴을 가진 피카소식 가면에 예복을 입고 있는 그녀의 아름다우면서도 짐승 같은 모습은 마치 여러 얼굴을 가진 신들 중 하나와 같다. 이오네스코는 여기서 "땅과 풍요와 성을 상징하는 메소포타미아 농업의 신을 생각했다"(『삶과 꿈 사이에서』)고 밝힌다.

완벽한 여자가 문제죠. 남자가 요구할 수 있는 모든 걸 가진 여자의 모델이에요. 또한 모순되는 모든 속성들을 통합하고 있는 신이라고 말할 수도 있어요. … 단지 세 얼굴을 가진 여자가 아니라 무한정의 얼굴을 가진 완전한 여자이니까요.

—『삶과 꿈 사이에서』

로베르트는 자크를 유혹하기 위해 왼손에 아홉 손가락이 있다고 보여 준다. 작품 끝에서 뱀처럼 아홉 손가락이 움직이고 있는 모습이 보인다. 경이롭고 소름끼치는 코와 손가락의 괴이한 증식은 자크를 집어삼키게 될 로베르트의 남근숭배적 성격을 강조하는 것으로 보인다. 마지막 장면에서 로베르트는 자크가 처음에 가족에 둘러싸여 앉아 있던 무대 중앙에 앉아 있다. 그녀는 작품에 괴이함의 요소를 제공하는 인물로 다산多産을 물질화한 존재라고 할 수 있을 것이다. 이 이미지는 「자크 혹은 순종」의 후편이라고 할 수 있는 「미래는 알 속에 있다」에서 엄청난 수의 알을 낳는 로베르트의 이미지로 확대된다. 자크를 유혹하는 그녀의 언어는 은유로 가득 차 있다. 은유들은 작품에 몽환적 분위기를 준다.

그녀는 본능적으로 자크가 고통받는 인물이라는 것을 이해하고 그의 고통을 잠재우기 위해 눈앞에 혈기왕성한 종마種馬를 보고 있는 것처럼 도피의 이미지인 질주하고 있는 말을 묘사한다. 이야기에 홀린 자크는 말을 따라 달리다가 말이 된다. 로베르트의 말은 무대를 가로지르는 붉게 물든 갈기를 나타나게까지 한다. 불은 여기서 성적인 이미지로 나타난다. 거기에 대해 로베르트는 에로티즘 속에 남자를 매몰시키는 축축함, 진흙, 물, 매몰, 늪의 은유들을 자신과 연결시킨다. 여기서 여성은 진흙탕의 질퍽거리는 물의 대용품으로 남자를 빠져들게 만든다. 자크는 이러한 유혹 앞에서 성적 욕망을 주체할 수 없게 되고 결국 자신의 반항을 포기하게 된다.

이오네스코는 『삶과 꿈 사이에서』 로베르트의 모든 은유들이 '물질성, 남자를 에로티즘으로 매몰시키는 성의 비정신성을 표현하기 위해 확실하게 선별된 몽환적 이미지들'(『삶과 꿈 사이에서』)이라고 밝히고 있다. 이오네스코 작품은 「대머리 여가수」, 「수업」에서 이미 살펴본 대로 일상적 현실에서 출발하여 시각적, 청각적, 언어학적 자극을 '절정으로 밀고 가는' 형태를 보여 준다. 갑자기 자크는 초록 머리를 드러내고, 그의 가족은 로베르트를 둘러싸고 킁킁 냄새를 맡는다. 이 무례함은 잠깐 웃음을 자아내지만 그 근본은 비극적이다. 동물성이 눈과 귀를 사로잡기 때문이다. 동물성의 첫 번째 징후인 언어의 해체가 이루어지며 불안한 언어의 변형이 가속화된다. 존재하는 단어에 한 음절을 덧붙여 이상한 단어로 만들기도 하고, 음성적 유희를 통해 어휘를 변형시키기도 하고, 무無모순성의 원칙을 위반하여 이상한 문장을 만들어 놓는다. 예를 들면, "진실은 두 면만 있다. 그렇지만 세 번째 면이 더 낫다." 자크는 로베르트 II가 '충분히 추하지 않기' 때문에 거절하고 로베르트 집안은 딸이 하나뿐인데 자크가 로베르트 I을 거부하자 "두 번째 외동딸"인 로베르트 II를 그에게 선보이는 것 등이다. 급기야 고양이chat에 해당하는 '샤'라는 음절로 로베르트 II와 자크의 유희가 이루어진다.

로베르트 II 당신 머리에 그게 뭐예요?

자크 알아맞혀 봐요. 일종의 샤chat(고양이)예요. 새벽에 머리손질을 해 주죠.

로베르트 II 샤토château? ··· 샤모chameau?, 샤미나두르chami-nadour라고요?

자크 발길질을 하기는 하지만 땅을 팔 줄 알아요.

로베르트 II 샤뤼charrue(쟁기)군요!

자크 가끔 울기도 해요.

로베르트 II 샤그랭chagrin(슬픔)인가요?

'샤' 음절 유희는 이후에도 '샤보', '샤랑', '샤마레', '샤쁘', '샤뜨' 등으로 이어지다가 로베르트는 모든 사물을 지칭하는 데 '샤chat(고양이)' 한 단어면 충분하다고 말한다.

로베르트 II 고양이들은 고양이로, 양식도 고양이, 곤충도 고양이, 의자도 고양이, 노도 고양이, 나도 고양이, 지붕도 고양이, 숫자 1도 고양이, 숫자 2도 고양이, 3도 고양이, 20도 고양이, 30도 고양이, 모든 부사들도 고양이, 모든 절들도 고양이. 말하기가 쉬워지겠어 ….

자크 자자라는 말을 하려면 ….

로베르트 II 고양이, 고양이.

자크 '졸려' '자자' '자자'라고 말하려면 ….

로베르트 II 고양이, 고양이, 고양이, 고양이.

···

자크   그러면 자크는? 로베르트는?

로베르트 II   고양이, 고양이.

이 웃음을 자아내는 언어의 해체 끝에 로베르트는 옷 밑에 감추고 있던 9개의 손가락이 달린 왼쪽 손을 꺼내 놓는다. 9개의 손가락을 보고 자크는 놀라기는커녕 "부자군요. 당신과 결혼할게요"라고 말한다. 자크는 로베르트의 애무에 넋이 나가고 성性적 본능에 사로잡히면서 더 이상 사회적 규범에 반항하기를 멈추고 사회적 메커니즘에 의해 원격 조정되는 로봇이 된다.

모든 단어가 '고양이'로 불리는 단순화된 사회 속에서는 욕망과 본능에 지배되는 동물들만 움직인다. 몸과 몸의 언어는 주인공의 자유를 빼앗고 그를 애인, 남편, 강력한 번식용 가축으로 만든다. 두 가족의 종족 보존 투쟁은 마침내 주인공의 실존적 소멸을 불러일으키고 작품에 비극적 톤을 주게 된다. 그것은 노예로의 현실에 대한 긍정이며 물화 그 자체이다. 정신성의 적인 동물성, 물화된 인간의 언어 상실은 자연스러운 귀결이다. 작품 끝은 동물성의 이미지로 그득하다. 모든 것이 '고양이'라는 한 단어로 축약되는 세계이다.

「대머리 여가수」, 「수업」 두 작품에 이어 「자크 혹은 순종」도 언어적 환상과 괴이한 육체적 형태를 통해 초현실주의에 대한 이오네스코의 취향을 드러낸다. '가족 드라마 패러디'인 「자크 혹은 순종」의 부제인 '자연주의 희극'은 괴이함과 불안한 벌레스크함이 섞인 새로운 형태의 희극으로 끝을 맺는다. 그것은 소름 끼치게 하는 희극성이다.

> 희극은 약간 소름 끼칠 때 희극적입니다. 내 희극이 그렇죠?
>
> ─『노트와 반노트』

5
빈 의자, 부재의 드라마 ─ 「의자」

「의자」는 1952년 4월 22일 실뱅 돔므Sylvain Dhomme의 연출로

랑크리Lancry 극장에서 초연되었다. 언제나 그렇듯이 이 새로운 작품도 몇몇 지지자들의 호의 이외에는 혹독한 비판을 받았다. 크노, 슈페르비엘Jules Supervielle, 아다모프, 베케트는 이오네스코가 '요람으로부터 죽음까지 쇠락해 가는 존재'(『예술Arts』, 1952년 5월 17일)로서의 인간의 처절한 이미지를 있는 그대로 드러낸 용기 있는 작가이므로 존중받아야 한다며 강하게 비판받고 있는 동료에게 힘을 실어 주었다. 이 작품은 1956년 2월 자크 모클레르가 샹젤리제 스튜디오에서 재연한 이후 세계 곳곳에서 공연되며 이오네스코의 걸작 중 하나로 명성을 얻고 있다.

「의자」의 무대는 섬 한가운데 있는 탑이다. 노부부가 그 탑을 지키고 있다. 노옹은 95세이고 부인은 94세이다. 그들은 과거를 추억하고 지난 이야기들을 지겹게 되풀이하며 지낸다. 그러다가 지친 노옹은 어머니를 부르며 울기 시작하고, 부인은 그를 어루만지며 위로한다. 야망은 있었으나 실패했고 세상으로부터 유리되어 욕망과 후회의 삶을 살아온 노부부는 실패로 점철된 자신들의 인생을 세상에 증언하기로 한다.

노옹　당신 말대로 나는 메시지가 있어, 임무가, 애쓰고 있어.

　　　　임무가. 내 뱃속에 무언가, 인류에게 전할 메시지가 있어,

　　　　인류에게 ….

　메시지를 전하기 위해 학자, 사제, 숙박업자, 은행가, 경비원, 공무원 등 수많은 가상의 손님들을 초대했는데 손님들 중에는 황제도 있다. 배가 미끄러지는 소리가 들리고 손님들이 하나둘씩 도착한다. 노부부는 손님들을 반갑게 맞으며 앉을 의자를 가져다주기 위해 분주하게 움직인다. 초인종 소리가 계속 울리고 손님들이 도착하지만 도착한 손님들은 보이지 않고 빈 의자들만 무대에 쌓인다. 무대에 빈 의자가 가득 쌓이고 급기야 노부부가 무대 구석으로 밀려나 꼼짝할 수 없게 될 때, 팡파르가 터지고 황제가 도착한다. 노부부의 메시지를 전해 줄 변사가 조용히 들어와서 연단에 올라선다. 노부부는 변사에게 인류를 구할 수 있는 위대한 메시지를 맡겼기 때문에 자신들은 임무를 끝내고 영광스럽게 죽을 수 있다고 생각해서 "황제 만세!"를 외치며 창문으로 몸을 던진다. 그러나 변사가 빈 의자들 앞에 자리 잡고 입을 열었을 때 '신음소리'와

'헐떡거리는 소리'만 나온다. 그는 벙어리이며 귀머거리이다.

사방이 물로 둘러싸인 외딴 섬. '오후 6시인데 이미 밤이고 저녁 9시에 아직 낮'인 곳. 손님을 초대해 놓고 기다리는 95세와 94세의 노부부. 배를 타고 도착하는 눈에 보이지 않는 초대 손님들. 손님은 보이지 않고 빈 의자들만 가득 쌓인 무대. 노부부가 인류에게 전할 메시지를 맡긴 벙어리이며 귀머거리인 변사.

「의자」는 「대머리 여가수」, 「수업」보다 훨씬 더 광범위한 주제, 추상적인 극 구성, 상징성을 보여 주는 작품이다. 많은 과거, 그 추억과 후회와 꿈을 뒤로하고 마멸되고 쇠락해 가며 죽음에 직면한 노부부가 중심인물이다. 시간을 따라 지성은 마멸되고 감정은 소모되었으며 노부부의 삶에는 웅덩이에 고인 물처럼 무거운 권태가 자리한다. 그들이 살고 있는 외딴 섬은 노부부의 고독이 상징화된 공간이다. 그들은 사회로부터 단절되어 친구도 없이, 밀폐된 방에서 인생을 결산하며 사회에서 차지할 수 없었던 위치에 대한 회한, 죽어버린 사랑에 대한 향수를 풀어놓으며 매일매일을 산다.

이 작품도 「대머리 여가수」, 「수업」처럼 말들이 흘러넘쳐

홍수를 이룬다. 추억, 꿈, 노인들은 말하고, 또 말하고, 같은 말을 지겹게 반복한다. 의미 없이 단어들이 나열된다.

> **노옹** 흠뻑 젖었지, 뼛속까지 얼었어, 여러 시간, 여러 밤, 여러 주 전부터 ….
>
> **노파** 여러 달 ….
>
> **노옹** … 빗속에서 … 쾅 닫아 버렸어, 귀를, 발을, 무릎, 코, 이를 ….

단어들은 다른 영역의 단어들로 연결되기도 하고,

> **노파** 당신 모두 초대했죠? 모든 인물, 모든 주인, 모든 학자?
>
> **노옹** 응, 모든 주인, 모든 학자.
>
> **노파** 관리인은? 주교는? 화학자? 주물 제조업자? 바이올린 연주자? 의원? 대통령? 경찰? 상인? 건물? 만년필? 염색체는?

동일한 발음끼리 결합되기도 한다. "배꼽 빠지게 웃었어On a ri du drôle"의 '아리a ri'는 '아리베arrivé', '리riz'로, 음성은 연결되나

의미는 없다.

  노파 그때 배꼽 빠지게 웃었어. 그래서 홀딱 벗고 도착하고, 웃
         었어, 가방, 쌀 가방, 배에 쌀, 땅에 ….

  기계적 말과 무미건조한 수다가 점점 고조되다가 「대머리
여가수」에서처럼 단어들이 홍수를 이룬다. 급기야 노옹은 의
자 위에 서서 소리치고, 부인은 그의 말들을 반복하며 "황제
만세!"라고 외친다. 그리고는 모든 것이 멈추고 벙어리-귀머
거리 변사의 헐떡거리는 소리만 들린다.
  이런 대화의 움직임은 배우들의 연기에서도 마찬가지로 나
타난다. 작품 시작에는 리듬이 느리다. 보이지 않는 손님이
도착하는 첫 초인종 소리와 함께 의자 하나를 가져다 놓는다.
그리고 또 하나, 또 하나, 점점 문이 열렸다 닫혔다 하며 의자
들이 놓인다. 인물들이 점점 빨리 왔다 갔다 한다. 노인들의
움직임은 크레셴도로 그들이 빈 의자들에 밀려 무대 구석으
로 몰려 꼼짝달싹하지 못할 때까지 계속된다.

대혼란이 일어난다. 사람들에 밀려 노옹은 무대를 거의 다 돌아 오른쪽 창문 의자 옆에 있게 되고 노파는 남편과 반대편 방향으로 돌다가 왼쪽 창문 의자 옆에 있게 된다.

이오네스코는 이 작품을 쓰게 된 동기를 다음과 같이 밝히고 있다.

처음에 의자 이미지가 떠올랐어요. 그리곤 빈 무대 위에 엄청난 속도로 의자들을 나르는 인물을 상상했어요. 이미지가 먼저 떠올랐죠. 그렇지만 그게 무슨 의미인지 감이 오지 않았어요. … '그래, 부재야, 공허함이야, 무無야. 의자가 텅 비어 있는 건 사람이 없기 때문이야'라는 생각이 들었어요. … 세상은 진정으로 존재하지 않아요. 작품의 주제는 무無이지 실패가 아니에요.

— 『삶과 꿈 사이에서』

형체가 보이지도, 소리가 들리지도 않는 초대받은 손님들, 그 손님들을 위해 무대 위에 놓이는 의자들의 증식은 '부재'를 점점 크게 만든다. 무대는 의자로 가득 차고 넘쳐 나지만 사람은 보이지 않는 부재의 삶, 보이지 않는 초대 손님들은 노인들의 보이지 않는 고통이며, 못다 한 복수이며, 죄의식이며, 그들이 받았던 모욕감일 수도 있다. 그렇지만 빈 의자에 의해 상징화된 돌이킬 수 없는 회한은 커지고 확산되다가 무대를 가득 채우고 노인들을 벽으로 밀어붙이고 그들을 질식시킨다. 이 혼잡스러운 움직임은 인생에서 아무것도 성공하지 못하고 물로 둘러싸인 섬, 탑 안에 갇힌 외로운 노인들이 스스로에게 주는 코미디, 허무의 또 다른 모습일 뿐이다. 이 불쌍한 노인들은 이 가득 찬 허무를 채우기 위해 안간힘을 쓰지만 빈 의자에 밀려 무대 구석에서 꼼짝달싹하지 못하게 된다. 「의자」는 가득 찬 동시에 부재하는 삶의 이미지를 엉뚱하고 우스꽝스럽게 그린다.

'가득 참'과 '부재', 「의자」는 두 요소의 변증법적 유희에 기반하고 있다. 두 노인이 쏟아 놓는 언어의 증식만큼이나 물질도 기하급수적으로 증식한다. 하나, 둘 불어나던 의자는 급기야 무대의 모든 공간을 점령하고 주인을 무대 구석으로 내몬다. 물질이 점령한 세계는 존재가 비어 있는 세계다. 이오네스코는 "너무 많다는 것은 충분하지 않은 것이다. 물건들은 반

反정신적 힘의 승리를 말하며 고독이 구체화된 것이다"(『노트와 반노트』)라고 표현한다. 지나치게 많은 물건의 존재는 곧 정신적인 부재를 표현한다. 「의자」의 진짜 주제는 '존재론적 공허'(『노트와 반노트』), '부재, 공허, 허무'이다. '공허'와 '부재'를 표현하기 위해 그는 무대에 지나치게 많은 의자를 쌓아놓는다.

'공허'를 만들고 그것이 점점 커져 모든 것을 잠식하려면, 많은 몸짓, 팬터마임, 빛, 음향, 움직이는 오브제, 열리고, 닫히고, 다시 열리는 문이 필요하다. 존재와의 대립을 통해서만 부재를 만들어 낼 수 있다.

— 『노트와 반노트』

물질의 지나친 무게는 허무虛無의 무게를 더욱 무겁게 느끼게 만든다. 노인들은 메시지를 전하고 영광스러운 죽음을 맞고자 하지만 메시지를 전달할 임무를 맡은 변사는 벙어리이다. 세상을 구해야 한다는 것에 대해 절대적 확신을 가지고 있는 노인의 바람은 허무하게 끝난다. 불꽃놀이를 할 때처럼 환해진 불빛 아래 부부가 창문으로 몸을 던지고 죽자, 변사는 빈 의자 앞에 서서 보이지 않는 초대 손님들에게 자신이 벙어리이고 귀머거리라는 것을 이해시키기 위해 안간힘을 쓴다. 그렇지만 허구적 인류에게 메시지를 읽는 변사에게서 들을 수 있는 것은 '거친 숨소리, 신음 소리, 벙어리 목구멍에서 나오는 소리'일 뿐이다.

변사 에, 므므, 므므, 므므. 주, 구, 우, 우. 에, 에, 구, 구우, 구에.

자신의 의사를 전달하는 것이 불가능하자, 변사는 흑판을 향해 돌아서서 분필로 큰 대문자로 아무 의미도 없는 '천사빵 ANGEPAIN' '느나 느늠 느으 느으 느으 브NNAA NNM NW NW NW V'라고 썼다가 지우고 다시 '아아듀 아듀 아프아AADIEU ADIEU APA'라고 쓴다. 그리고는 보이지 않는 군중들을 바라보며 자신이 쓴 것을 손가락으로 가리킨다. 본인은 만족스럽게 미소 짓지만 기대한 반응이 없자 표정이 어두워지면서 급히 인사를 하고 연단에서 내려와 안쪽 큰 문으로 유령처럼 사라진다.

의자, 연단만 있는 텅 빈 무대. 마루는 색종이 테이프와 조각들로 뒤덮여 있다. 안쪽 문은 어둠 속에 크게 열려 있다.

이오네스코는 『의자들에 관하여. 첫 연출가에게 보내는 편지』에서 이 마지막 장면을 연출할 때 '허무'가 관객의 기억에 깊이 새겨지면 좋겠다는 바람을 표현한다.

마지막 장면이 길어야 해요. 노인들이 사라지고, 변사가 떠난 후에도 중얼거리는 소리, 물과 바람 소리가 오랫동안 들려야 해요. 무無에서 오는 것처럼, 무無에서 오는.

— 『노트와 반노트』

관객이 이 작품을 너무 쉽게, 왜곡되게 느끼지 않기를 바랐기 때문이다.

그들(관객들)이 노인들을 미친 사람이거나 환각을 가진 실패자들이라고 말하지 않도록 해야 합니다. 또한 보이지 않는 인물들이 단순히 두 노인의 가책이나 추억이라고 말하게 해선 안 됩니다. 어느 정도 그럴 수는 있으나 그건 절대로 중요하지 않습니다. … 그들이 작품에 대해 심리적이고, 논리적이고, 관습적인, 진부하기 짝이 없는 의미를 부여하지 못하게 하려면, 보이는 세 인물이 떠난 이후에도 소리와 보이지 않는 존재들이 거기에 여전히 남아 있는 것이 중요합니다. … 존재하지 않는 군중이 완전히 객관적인 실존을 획득해야 합니다.

— 『노트와 반노트』

언어의 증식, 의자의 증식으로 가속화되던 리듬은 작품 끝에 이르면 점점 느려진다. 노옹과 노파가 사라지고, 그들이 고용한 변사가 유령처럼 사라지고, 축제가 끝난 후 색종이 테이프와 조각들만이 어지럽게 남아 있다. 보이지 않는 손님들만 보이지 않는 존재일까?

존재감이 들지 않기는 노부부도 마찬가지다. 그들은 고독의 한가운데서 자신들의 고독을 상상의 인물로 가득 채운다. 노인들이 스스로에게 제공하는 이 우스꽝스러운 팬터마임은 자신들의 실패와 초라함과 고독으로 점철된 허무한 삶을 채우려는 몸부림이다. 모든 것은 공허로 귀결된다. 변사를 통해 인류에게 메시지를 전함으로써 자신들의 삶과 죽음을 영광스럽게 만들고자 하지만 말로써는 어떠한 메시지도 전달할 수 없는 부조리하고 공허한 세계, 그들의 자살은 우스꽝스러운 허구일 뿐이다. 두 부부에게 삶은 깊은 소통도 공통의 비전도 없는 실망의 원천이었고, 인류에게 거창한 메시지를 전하고 전설로 들어가는 것도 그들에게는 허락되지 않는다. 아무도 메시지를 전하지 않을 것이기 때문이다.

「의자」는 희망도, 삶의 의미도, 초월적인 존재도 모두 부재하는 '부재의 드라마'이다. 이오네스코의 작품에서는 지혜를 얻는 늙음도, 평화롭고 부드럽게 맞이하는 죽음도 없다. 노인들을 안에서 갉아먹고 있는 것은 정신적 아픔이다. 이 아픔은 외로운 두 노인만이 겪는 특별한 감정이 아니라 허무하고 부조리한 인간 조건의 원형적 상황을 제시하는 만큼 나이와는 아무런 상관없는 인간 실존 본연의 상태를 나타낸다. 그만큼 우리 삶의 조건에 대한 잔혹한 인식을 심어 주는 작품이다.

인물들과 그들이 살고 있는 섬의 공허, 가치의 부재, 삶의 부재 등 모든 것이 쇠퇴하고 모든 것이 무너져 내리는 공허함으로 가득 찬 세계, 작가는 이 실존 끝까지의 여행을 정밀하게 진단하고 작품 끝까지 그것을 깊이 느끼게 만든다. 여기서

「의자」는 형이상학적 차원을 띤다.

대부분의 사람들이 아무것도 보지 못하는 곳에서, 이오네스코
는 무無를 본다.

— 자카르Emmanuel Jacquart, 『이오네스코 연극 전집』

6
창작, 그 정신의 모험에 관하여 – 「의무의 희생자」

「의무의 희생자」는 1953년 2월 자크 모클레르의 연출로 카
르티에 라탱Quartier Latin 극장에서 초연되었다. 이 희곡은 '존재
에 대한 탐색'과 '연극에 대한 사색'이라는 두 개의 큰 테마를
결합해 연극에 관한 작가 자신의 입장을 밝힌 작품이다.

이오네스코는 「대머리 여가수」에 '반反연극', 「수업」에 '희극
적 드라마', 「자크 혹은 순종」에 '자연주의 희극', 「의자」에 '비
극적 소극'이라는 부제를 붙였다. 「의무의 희생자」의 부제는

'거짓 드라마pseudo-drame'이다.

연극의 무대는 평범한 소시민 가정이다. 실내에서 슈베르는 신문을 읽고 마들렌은 양말을 꿰매며 연극에 관해 서로의 의견을 나눈다. 둘은 부부다. 슈베르는 마들렌에게 "고대부터 오늘날에 이르기까지 모든 연극이 추리적이었어. 작품 전체가 추리적이야. 사실적이고 추리적이었어. 모든 작품이 그럴듯한 결말에 이르기 위한 탐색으로 이루어지고 수수께끼는 마지막 장면에 가서야 밝혀져. 때로는 앞에서 밝혀지기도 하지"(「의무의 희생자」)라고 말한다. 모든 것이 드라마, '거짓 드라마'라는 것이다. 그런데 「의무의 희생자」도 추리극 형태로 시작된다.

부부가 연극에 관한 의견을 나누는 가운데 수사관이 방문한다. 그는 아파트 수위를 보러 왔는데 부재중이라 슈베르의 집을 방문하게 되었다고 하며 이전에 이 아파트에 세 들어 살던 사람들의 이름 끝이 't'인 '말로Mallot'라고 쓰는지 끝이 'd'인 '말로Mallod'라고 쓰는지 공손하게 묻는다. 슈베르는 얼떨결에 't'로 끝나는 말로Mallot라고 대답한다. 그렇지만 그는 '말로'가 누군지 모른다. 마들렌이 수사관을 집으로 들어오게 하자 공손하고 수줍기까지 하던 수사관의 태도가 돌변한다. 다리를 꼬고 의자에 앉아 주인에게 양해도 구하지 않고 담배를 꺼내 피우며 연기를 내뿜는다. 그는 슈베르에게 어떻게 't'로 끝나는 '말로'인지 아느냐고 심문조의 반말로 묻기 시작하며 마들렌에게 커피를 가져오라고 시킨다. 슈베르는 일의 전말을 알지 못한 채 거칠고 난폭한 심문의 희생자가 된다.

슈베르는 아무리 생각해도 '말로'라는 사람에 대한 기억이 없다. 수사관은 기억을 더듬어 과거 속으로 들어가 보도록 강요한다. 수사관은 문제를 잠재의식의 탐색을 통해 해결해 보려고 한다. 수사관이 '말로'를 찾아 나선 이 작품은 범인을 추적하는 추리극 형태를 보여 주지만 범인을 찾아가는 과정은 슈베르의 개인적 심리 탐사를 위한 핑계처럼 보인다. 즉 개인의 무의식에 대한 탐색이 범죄 수사의 형태를 띤다. 슈베르를 괴롭히고 그를 자아성찰로 이끄는 수사관은 '말로'를 찾고 있다. 자신의 심연으로 내려가는 슈베르의 하강은 "말로를 찾아. 내려가"라는 수사관의 명령에 따라 이루어진다. '말로'를 찾는 일은 슈베르의 잠재의식의 심리 현실을 탐사하는 것과 하나를 이룬다. 슈베르가 '말로'를 기억하지 못하자 수사관은

사진까지 보여 주며 집요하게 파고든다. 슈베르는 기억하려
고 애를 쓴다.

>   **슈베르**　어디였지? 어디? … 어디? 공원에서? … 어릴 적에 살던
>   집? … 학교? … 군대? … 그 사람 결혼식 날에? … 아니면
>   내 결혼식에? … 내가 그의 결혼식 증인이었던가? … 그
>   가 내 결혼식 증인이었던가? … 아냐.
>
>   　　　　　　　　　　　　　　　　　　　　　　　─「의무의 희생자」[*]

　수사관은 욕설을 퍼붓고 책상을 내리치며 난폭하게 그를 잠
재의식으로 하강하게 하고 마들렌은 남편을 격려한다. 잠재
의식에 접근하는 일이 어려운 여정으로 나타난다. 슈베르는
어두운 과거의 진흙탕 속에서 몸부림친다.

>   **마들렌**　당신 머리가 보여요 … 그러니까 더 내려가세요. 진흙
>   속에서 팔을 벌려요. 손가락을 펴세요. 깊숙이 헤엄치세

---

[*] 이오네스코, 박형섭 옮김, 「의무의 희생자」, 지식을 만드는 지식, 2010.

요. 무슨 일이 있어도 '말로'에게 닿으셔야 해요, 내려가
세요. 내려가요.

　이렇게 힘든 과정을 통해 슈베르는 잠재의식 깊은 곳에서
어린 시절의 이야기를 발견한다. '말로'를 찾아 잠재의식의 깊
숙한 곳으로 내려갔을 때 슈베르는 제일 먼저 아버지와 어머
니를 만난다. 거기서 슈베르는 아이가 되어 있고 수사관이 슈
베르의 아버지가 되고 마들렌이 어머니가 되어 있다. 어머니
의 자살 시도, 어머니의 자살을 말리며 동시에 방조했던 아버
지, 아버지의 부르주아적 순응주의와 에고이즘, 그런 아버지
에게 복수해야 한다고 생각했던 아들, 그러면서 동시에 느꼈
던 아버지에 대한 죄의식이 무의식 속에서 모습을 드러낸다.
어린 시절 캄캄한 블로메 거리에 서 있었던 것처럼(『노트와 반노
트』에 그 기억을 서술하고 있음) 진창에 홀로 서 있는 그에게 어머니
는 힘든 일이긴 하지만 아버지를 용서하라고 한다. 슈베르는
평생 반항한 아버지를 잠재의식 깊은 곳에서 만나 애증의 마
음을 털어놓고 "좋은 친구가 될 수 있었을 텐데" 자신이 더 나
빴다고 화해의 손을 내민다. 아버지도 시대가 그에게 얼마나

환멸을 주었는지, 아들이 태어나서 얼마나 행복했는지를 말하며 더 이상 죄의식에 사로잡히지 말라고 말한다.

이때 작품은 일종의 사이코드라마가 된다. 사이코드라마 안에서 인물들은 평생 해결하지 못한 갈등을 드러내고 평생의 죄의식을 속죄한다. 슈베르의 여정은 작가 자신의 추억에 근거하며 추억들은 해방의 과정을 수반한다.

그런데 말로는 누구일까? 말로의 사진에는 5개의 숫자가 적힌 번호표가 붙어 있다.

슈베르 쉰 살쯤 된 남자인데 … 그래 … 면도 안 한 지 며칠 된 것 같고 … 가슴에 번호표를 달고 있군. 58614 … 그래 분명 58614야 ….

말로는 억압된 잠재의식처럼 갇혀 있는 죄수이다. 수사관은 말로를 찾는 일에 "전 인류의 운명이 달렸다"고 말한다.

수사관 슈베르, 슈베르, 슈베르, 내 말을 잘 들어 봐. 말로를 찾아야 하는 거야. 생사가 걸려 있는 문제야. 그게 네 의무다. 전 인류의 운명이 네게 달렸다. 그게 어려운 일이 아니야. 기억해 내기만 하면 되는 거다. 기억해 봐, 그러면 모든 게 다시 밝혀질 거야.

장면이 바뀌며 슈베르는 작은 무대에 서 있고, 수사관과 마들렌은 관객이 되어 바라보고 있다. 슈베르가 너무 깊이 내려갔다고 판단한 수사관과 마들렌은 그를 다시 끌어올리려고 노력한다. 슈베르가 심연으로부터 다시 올라오며 베를린, 뉴욕, 옹플레르 같은 도시들과 강과 숲과 산을 본다. 그리고는 태양 빛을 따라 가파른 오솔길을 걸어가고 무릎으로 기어오른다. 점점 더 높이 오르며 슈베르는 가벼운 공기를 들이마시고 공중으로 날아오른다. 슈베르의 상승을 시몬 벤무사Simone Benmoussa는 '비의적인 황홀경'으로 묘사한다.

슈베르는 자신의 비의적인 황홀경으로부터 되돌아왔다.

—시몬 벤무사, 『이오네스코Ionesco』

하강이 물질의 이미지이고 진흙탕 속으로의 매몰의 이미지로 나타난다면, 상승은 정신성의 세계를 떠다니는 것이고 빛의 순수한 세계로 다가가는 것이다.

슈베르 내 몸은 공기보다 더 가벼워. … 내 몸이 공중으로 올라가고 있어! … 넘쳐흐르는 이 빛 속으로 … 난 올라가고 있어!

마들렌과 수사관은 날아오르는 슈베르를 보고 불안해진다. 그들은 다급하게 '말로를 찾는 것'에 그의 의무가 있음을 환기하게 시키기도 하고 일상과 사회적 성공이 주는 좋은 점을 나열하기도 하며 공중으로 사라지지 말고 돌아오라고 설득한다.

마들렌 고독은 좋은 게 못 돼요. 당신은 우릴 버릴 수 없어요 … 한 푼 보태 주세요! 한 푼만 보태 주세요. (그녀는 거지가 되었다.) 쌀이 떨어져서 애들이 쫄쫄 굶고 있어요. 애들은 넷이고, 남편은 형무소에 있어요. 난 방금 병원에서 나왔어요.

수사관 … 너의 탄생을 지켜본 조국은 너를 필요로 하고 있어!

수사관 (슈베르에게) 네겐 인생이 있고, 네 앞엔 경력이 있다. 넌 부자가 되고 행복하게 되고 … 야수가 되고, 다뉴브의 총독이 될 거야. 자, 여기 임명장이 있다.

수사관 주교로 만들어 주지.

마들렌 여기 금덩어리가 있어요. 여기 과일도 있고 ….

수사관 … (슈베르 쪽으로 돌아서며) 우리 계곡의 봄은 무척 아름다워. 겨울은 따스하고, 여름에 비 오는 법이 없어 ….

결국 슈베르는 날아오르지 못하고 쓰레기통 속으로 거꾸러진다. 상승과 추락, 기독교에서 빌려온 이 이원적 상징은 정신성과 연결되어 이오네스코 작품에 반복적으로 나타난다. 상승은 선, 행복, 물질의 삶을 넘어서는 내면적 삶, 기쁨, 즉 긍정적 가치와 연결된다. 이오네스코의 인물들은 '날아오르는 것에 대한 거부할 수 없는 갈망'(「공중 보행자」)을 가진다. 「아메데 혹은 어떻게 거기서 벗어나지?」에서 아메데는 현실을 벗어나 하늘로 날아오르고, 「공중 보행자」의 베랑제는 '말로 표현할 수 없는 희열'에 사로잡혀 날아오른다. 날아오름은 인간을 편안함으로 가득 채운다. 슈베르는 '넘쳐흐르는 빛 속에서' 온몸이 빛에 싸여 '빛이 몸속으로 들어오는', 자신이 빛이 되는 ("난 빛이야") 경이로움의 순간을 경험하며 '하늘을 날고' 싶다고 말한다. 마들렌과 수사관이 슈베르를 붙들고 늘어진다. 결국 그는 이카루스처럼 추락하고 만다.

추락한 슈베르는 아이처럼 행동하고 수사관은 의사가 되어 있다. 그는 정신성의 세계에 도달하지 못하고 현실의 물질세계에 떨어진 것이다. 허약한 아이가 되었기 때문에 '현실에 적응'하기 위해서 몸무게를 늘려야 한다. 수사관-의사는 슈베르의 체력을 보충하기 위해 그의 입에 끊임없이 딱딱한 빵을 처넣는다. 마들렌은 찻잔이 찬장을 뒤덮을 때까지 계속해서 잔을 나른다. 그 기계적 행위는 물질이 범람하고 있는 삶을 상징적으로 보여 준다. 이제 '말로'를 찾아야 한다.

수사관은 '말로'를 찾지 못하는 것이 슈베르의 악의惡意 때문이라고 생각하고 화를 낸다. 그때 슈베르의 친구인 니콜라가 나타난다. 그의 출현에 수사관은 경계심을 드러낸다. 수사관은 한편으로는 시인인 니콜라와 연극에 대한 얘기를 나누고, 다른 한편으로는 배가 부르다는 슈베르에게 빵을 먹으라고 강요한다. '말로'를 찾지 못하는 건 슈베르의 기억력에 구멍이 났기 때문이라며 구멍을 메우려면 먹어야 한다는 것이다. 슈베르가 물질의 세계에 떨어지자 지성적인 부분은 니콜라에게 맡겨진다. 작품 첫 부분에서 슈베르가 연극에 관한 논의를 보여 주었던 것처럼 이번에는 니콜라가 연극에 대한 여러 생각을 드러낸다.

딱딱한 빵 껍질을 씹으며 슈베르는 「수업」의 여학생처럼 고통스러워한다. 수사관은 점점 "빨리!", "삼켜!", "씹어!"라고 강요하고 슈베르는 입천장이 까지고 혀가 찢어졌다며 고통을 호소한다. 갑자기 니콜라가 개입한다. 수사관이 그의 개입에 겁을 먹고 '말로'를 찾는 것이 자기 의무이기 때문에 어쩔 수 없었다며 슈베르를 존경하며 니콜라와 그의 작품을 좋아한다고 말한다. 니콜라는 거짓말이라며 자신은 더 이상 글을 쓰지 않고 이오네스코가 있으니까 그것으로 충분하다고 말한다.

그리고는 칼을 들어 세 번에 걸쳐 수사관을 내리친다. 수사관은 "백인 만세!"라고 소리치며 죽는다. 마들렌이 수사관이 죽었으니 이제 누가 '말로'를 찾겠느냐고 하자 니콜라는 자신이 찾겠다고 말한다. '말로'를 찾는 일은 이제 니콜라에게 맡겨진다. 이번에는 니콜라가 권력을 잡아 수사관 역할을 한다.

이오네스코 작품에서는 늘 폭군의 뒤를 이어 또 다른 폭군이 등장하듯이 니콜라는 난폭한 수사관을 죽이고 스스로 난폭한 수사관이 되어 슈베르에게 빵을 먹인다. 슈베르가 배고프지 않다고 반항하지만 니콜라는 꿈쩍하지 않고 "삼켜!", "씹어!", "삼켜!", "씹어!"라고 소리친다. 니콜라, 마들렌, 슈베르 모두 "삼켜!", "씹어!", "삼켜!", "씹어!"를 외치고, 무대에 들어와 있던 부인도 세 사람에게 다가가 "씹어! 삼켜! 씹어! 삼켜!"라고 소리친다.

슈베르가 상승에 실패하고 추락했을 때 한 부인이 무대에 자리 잡았었다. 누구의 물음에도 대답하지 않는 말 없는 이 부인은 '말로'의 또 다른 상징이 아닐까? 수수께끼 같은 '말로'는 정체가 밝혀지지 않은 채 그녀처럼 침묵에 잠겨 있다. 말 없는 부인은 마지막 장면에서 세 인물에게 다가가 "씹어! 삼켜!"라는 마지막 말을 한다. '말로'를 찾는 일, 그 수수께끼는 끝까지 풀리지 않는다. 작품은 「대머리 여가수」의 마지막 장면처럼 인물들이 서로 삼키고 씹으라고 소리치는 가운데 막이 내린다. 작품 끝에서 니콜라, 슈베르, 마들렌 모두 자신들은 '의무의 희생자'라고 말한다. 수사관도 죽기 전에 '말로'를 찾는 일이 자기의 의무였고 자신은 의무의 희생자일 뿐이라고 말했다.

의무가 무엇일까? 수사관과 마들렌이 공조하고 슈베르가 찾아 나섰던 '말로'를 찾는 일, 슈베르가 찾지 못하고 돌아오자 이번에는 니콜라가 이어받아 수행해야 하는 일은 작품 처음에 주어졌던 수수께끼에 해답을 찾는 일일 것이다. 그들은 이 수수께끼의 해답을 찾는 일에 각자 자신의 역할을 다할 수밖에 없는 의무의 희생자들이다. 「의무의 희생자」는 추리적 줄거리에 '거짓 드라마' 양식을 취하고 있다. '말로'가 거짓된 수수께끼일지라도 수수께끼적인 것은 매혹적인 힘을 행사한다.

'말로'를 찾아 잠재의식 세계로 하강하는 슈베르의 '자신에 대한 탐색'은 연극에 관한 사색과 연결돼 있다. 슈베르는 작품 시작에서 오랜 연극 전통이 '사실적, 추리적 연극'이었음을 비판했다. 작품 끝에서 니콜라는 슈베르의 생각을 이어받아 '인물의 정체성이라든가 성격의 통일성 등의 원리를 포기'하고 '행위와 인과 관계에 대해서 더 이상 말하지' 않는 '비이성적인 연극', '몽환적인' 연극에 관한 자신의 생각을 밝힌다.

　이 작품은 추리극 형태인 듯 보이지만 사실상 추리적 줄거리에 근거하지 않는다. 극 행동은 이성적인 인과 관계의 원칙이나 연대기적 순서로 지속되지 않는다. 신문을 읽고 양말을 꿰매는 소시민의 일상에 갑자기 환상적인 것, 비이성적인 것이 개입된다. 슈베르를 괴롭히기 시작하는 수사관이란 인물의 불안한 출현과 누군지도 모르는 '말로'를 찾기 위한 깊은 잠재의식과 과거로의 여행, 공중으로의 비상과 추락, 작품에서는 '아리스토텔레스적인' 시간성과 공간성을 찾아볼 수 없다. 현재와 과거, 의식과 잠재의식이 겹쳐지며 시간과 공간성이 무한대로 확대된다. 그의 연극은 인물들의 통일된 정체성과 심리적 변화, 다양한 사건의 인과성에 의한 논리적 진행을 보여 주던 '훌륭한 추리극', '사실극', '아리스토텔레스적 연극' 전통에서 벗어난 비논리적이고 '비아리스토텔레스적인' 연극이다. 관객을 몰입과 극적 환상으로 유도하던 전통 연극에서 벗어나 스스로를 연극화하는 '거리두기-시스템'의 연극*이다.

수수께끼 같은 인물 '말로'를 찾는 거짓된 추리적 줄거리를 활용하여 이오네스코는 과거로의 회귀와 연결돼 있는 '나'와 그 정신적 모험의 추구를 제시한다.

나는 무대에 내 두려움, 내 깊은 고뇌를 투영했다. 그것들을 대화체로 만들고, 내 갈등을 구체화하며 온 진실을 다해 작품을 썼다. 내 가장 깊은 곳을 드러냈다. 그리고 「의무의 희생자」라는 제목을 붙였다.

― 『노트와 반노트』

이오네스코는 「의무의 희생자」에서 '아리스토텔레스적' 연극에 반하는 자신의 아방가르드적 연극론을 제시하며 그것이 결국 '나'의 실존적 현실을 깊이의 차원에서 드러내기 위한 것임을 보여 주고 있다. 「의무의 희생자」를 완성한 조금 후에 이

* 마틀렌과 수사관은 무대에 관객으로 자리 잡고 잠재의식의 심연으로 침잠하는 슈베르의 모습을 보며 초현실주의에 근거한 공연에 주석을 달고 비평한다. [마틀렌 ― 만일 우리 모두가 과거를 회상한다면 어떻게 되겠어요? … 누구나 할 말이 있겠지요. 하지만 삼가고 있는 거죠. 겸손하고 점잖게 말이에요. … 남은 저녁 시간을 카바레에서 보내는 게 더 낫겠어요 ….]

오네스코는 자신의 창작 방식을 『예술』지에 다음과 같이 밝힌다.

> 나에게 연극은(내 연극은) 언제나 고백이다. 나는 고백만 하고 있다. … 나는 나 자신도 이해하기 어려운 내 내면 세계를 무대에 투영하고자 노력한다.
>
> — 『노트와 반노트』

그러면서 그는 자신의 내면적 갈등이 모든 사람들에게 관계되는 "보편적인 갈등의 상징이나 거울이 될 수 있으리라"(『노트와 반노트』) 생각한다. '소우주는 대우주'이므로 ….

7
무의식과 '상상적'인 것
– 「아메데 혹은 어떻게 거기서 벗어나지?」

1953년 8월 완성되어 1954년 4월 14일 바빌론 극장에서 장 마리 스로의 연출로 초연되는 이 3막짜리 희곡 「아메데 혹은 어떻게 거기서 벗어나지?」는 1953년 2월 라틴가 극장Théâtre du Quartier Latin에서 초연된 「의무의 희생자」와 내면으로의 침잠과 무의식의 정신분석학적 탐구라는 측면에서 닮은 점이 많다.

성공하지 못한 40대 작가 아메데는 소파에 파묻혀 영감이 떠오르기를 기다린다. 부인 마들렌은 그런 남편을 게으른 알코올 중독자로 취급하며 비난한다. 둘의 논쟁을 통해서 집 안에 아파트를 점령할 정도로 점점 커지는 시체가 있으며 버섯들이 집 구석구석에서 자라고 있다는 것을 알게 된다. 이 부부는 15년 전부터 외부와의 접촉 없이 집에 칩거하며 지낸다.

부부는 이 점점 커지는 시체, 그 죽은 사람의 정체가 무엇인지를 찾아내려고 한다. 아메데는 15년 전 죽은 마들렌의 연인일지도 모른다고 생각하고, 마들렌은 아메데가 질투로 죽인 젊은 남자라고 주장한다. 그런데 아메데는 그런 죄를 지은 기억이 없다. 어쨌든 이 탐색은 아메데로 하여금 자신의 과거에 대해 자문하고 지워진 기억 속 에피소드들을 되살려 낸다. 시체는 질투로 인해 생겨난 사고의 결과일까? 아버지에 대한 증오, 아이와 여인을 버린 결과일까? 희미한 자신의 기억을 더듬으며 아메데는 자신의 무의식의 영역을 들여다보기 시작한다. 그는 「의무의 희생자」에서 슈베르가 '말로'를 찾기 위해 자신의 기억을 뒤진 것과 같은 방식을 사용한다. 과거로의 침잠, 과거를 되돌아보는 것은 무의식적 사고에 대한 힘든 분석이된다.

논쟁 끝에도 시체의 확실한 정체성을 찾지 못한 아메데는 시체를 센 강에 던져 버리고 시체로부터 벗어나자는 마들렌의 요구에 따라 밤에 시체를 내다 버리려고 마음먹는다. 기다리는 동안 마들렌은 뜨개질을 하고, 아메데는 소파에 앉아 눈을 감고 꿈을 꾼다. 안개 속에서 젊고 가냘픈 아메데와 예복을 입은 마들렌의 환영이 나타난다. 환영 속의 아메데(아메데 II)는 태양과 행복과 광적인 사랑을 노래하며 자신의 젊은 부인마들렌(마들렌 II)을 빛나는 세계로 데려가려고 한다. 그렇지만그녀는 두꺼비와 뱀과 죽은 아이들이 득실대는 악몽의 늪으로 빠져들고 자신의 살을 파고드는 불침의 고통을 느끼며 아메데를 밀어낸다.

마들렌 II　가까이 오지 마! 날 건드리지 마! 네가 찔러, 찔러, 찌

른다구. 네가 날 아프게 하고 있다구!

　결국 아메데도 악몽 속에서 비틀거린다. 아메데 II와 마들
렌 II는 아메데와 마들렌의 내면적 고통을 상징하는 환영으로,
그들의 극한 대립을 통해 어긋난 삶을 산 부부의 내면과 갈등
상황이 점진적으로 드러난다. 여기서부터 작품은 일종의 사
이코드라마 형태를 띤다. 아메데에게는 결혼 초기가 '세상의
새벽'이었던 데 비해 마들렌에게는 실패의 시작이었다. 점점
커지는 시체는 도움을 청했으나 익사하게 내버려 두었던 젊
은 여자일 수도 있고, 그들이 원하는 줄도 모른 사이 죽은 아
이일 수도 있으며, 아메데가 죽였거나 마들렌이 죽인 남자일
수도 있다.

　명확한 정체성을 알 수는 없지만 어쨌든 시체는 불가능한
사랑, 에고이즘, 고독 등 실패로 점철된 부부의 삶의 물질적
체현일 수 있다. 이러한 상황을 막연히 이해한 아메데는 아직
모든 것을 구할 수 있을지 모른다며 마들렌에게 다가가려 한
다. 하지만 그녀는 집안일 걱정에 사로잡혀 시체는 사랑이나
증오, 감정의 문제가 아니라고 말한다. 두 환영이 사라지고 자

정이 되자 아메데는 시체를 창문으로 내보내기 시작한다.

작은 광장에서 센 강으로 시체를 끌고 가던 아메데는 두 명의 마을 경찰이 나타나자 도망친다. 아메데는 무대 위로 무대 뒤로 쫓겨 다니고, 광장의 사람들이 창가에 관객으로 자리 잡는다. 갑자기 시체가 너울처럼 펼쳐지고 아메데는 놀란 경찰들 앞에서 구경꾼들의 박수를 받으며 날아오른다. 아메데는 당황해서 사람들에게 사과를 하고,

아메데   죄송해요, 죄송해요, 신사, 숙녀 여러분, 죄송해요 ···.
오해하지 마세요 ···. 난 머물고 싶어요 ···. 땅에 발을 붙이고 있고 싶은데 ··· 어쩔 수가 없어요 ···. 이렇게 실려 가기 싫어요 ···. 난 진보 쪽이에요. 동포들에게 유용한 사람이 되고 싶어요 ···. 난 사회적 사실주의를 지지해요 ···.

마들렌은 화를 낸다.

마들렌   제발, 아메데, 당신 좀 진지해질 수 없어요! 날아오르다니, 내가 좋아할 거라는 생각은 꿈에도 하지 말아요! ···.

이오네스코는 1954년 4월 8일 「아메데 혹은 어떻게 거기서 벗어나지?」 초연 이틀 전 기자에게 이 작품은 "불가능한 사랑이 일종의 잠재적 죄로 환기되고 있는 부부 드라마로 일상적이지 않은 수단들과 엉뚱한 요소들이 결합되어 있다"(『콩바Com-bat』, 1954년 4월 8일)고 말한다.

아메데는 검은 상의에 회색 줄무늬 검은 바지, 끝이 갈라진 가짜 칼라와 검은 넥타이를 맨 약간 구식인 평범한 소시민이다. 그의 외모와 평범한 일상의 무대 장치를 보면 환상성이 개입할 여지가 없어 보인다. 그런데 그런 "그의 옆방에서 모든 것이 시작되었다." 마들렌은 어제 47개의 버섯을, 오늘 50개의 버섯을 발견했고 "그것은 계속 늘어나고 있다." 아파트에서 버섯들이 계속 늘어나고, 아메데는 15년 전부터 은둔하고 있고 마들렌은 전화교환기를 통해서만 외부와 접촉한다.

거기에서 불안한 징후가 엿보이지만 이 소시민의 일상을 진정으로 기이하고 엉뚱하게 만드는 것은 아파트에 자리 잡은 시체가 '기하학적으로 커지는 것'이다. 시체가 커지면서 가벼운 '부스럭거림', '와지끈 부서지는 엄청난 소리', '와장창 창문이 깨지는 소리'가 들린다. 그러더니 시체의 두 거대한 발이 나타난다. 아메데는 시체의 발이 얼마나 컸는지를 재 보는데 시체의 왼쪽 부분이 '많은 거대한 버섯들'로 뒤덮여 있다. 마들렌의 가슴 박동이 '온 무대 장치를 뒤흔들' 정도로 크게 울린다. 의자들이 큰소리를 내며 엎어지고 천장에서 회반죽이 떨어지고 무대 장치가 넘어진다. 시체의 다리 길이가 '믿을 수 없는 길이', 14미터로 늘어난다. 시체가 커지고 그것을 동반하는 현상이 악성 종양처럼 부부의 삶에 독을 뿜는다.

결혼 초기 '세상의 새벽'이었던 아메데의 사랑은 시간이 지나면서 마멸되어 갔다. 현실은 이상의 높이를 따라가지 못했고 세계로부터 단절된 둘의 삶은 무겁고 파괴적이었으며 시체는 그 실존적 악몽을 체현하고 있다. 어떻게 거기서 벗어날까? 회복이 불가능한 사랑, 불만과 원망이 쌓이는 상황 앞에서 부부는 죄의식을 느낀다. 마들렌은 "우리를 용서했다면 더 이상 커지지 않을 텐데. 계속 커지는 것을 보면 … 아직 원하는 게 있다는 거예요. 우리를 계속 원망하고 있는 거라고요"라고 말한다. 부부는 가정생활의 실패를 벌로 받아들인다. 마들렌은 부부관계의 회복을 위해 남편에게 노력을 해 보라고 요구한다.

마들렌 여보, 뭐라도 좀 해 봐요.

아메데 뭐요?

마들렌 (역정을 내며 다시) 뭐라도 좀 해 보라고 했어요. 절대로
　　　　　뭔가를 해야 하니까. 그게 전부예요. 내가 이 말을 하는
　　　　　건 당신이 그걸 해야 하기 때문이에요.

부부는 시체를 센 강에 갖다 버리고 그 시체로부터 벗어나
고자 한다. 밤이 오기를 기다려 아메데는 창문으로 내린 거대
한 시체를 끌고 집을 떠난다. 길을 나선 아메데는 시체로부터
벗어나는 것이 불가능하다고 느낀다. 길에 버리고 갈 수도, 집
으로 다시 끌고 들어갈 수도 없이 사면초가에 놓인다.

아메데 불가능해, 불가능해 …. 마들렌이 기다리는데 …. 아
　　　　　… 저기다 버리고 가면 … 아냐, 길 한가운데 내버려두고
　　　　　갈 순 없어 …. 내일 아침 트럭이 어떻게 지나가라고 ….
　　　　　조사를 할 테지. 우리가 갖다 버린 걸 알아 버릴 거야 ….
　　　　　아 … 다시 한 번 해보자 …. (끌어당겨 보지만 앞으로 나갈 수
　　　　　가 없다.) 집으로 도로 가지고 갈 수도 없고 …. 더 못하겠

어. 지쳤어 … 너무 지쳤어 ….

미국병사가 나타나 힘을 보태 주지만 너무 심하게 끌어당기는 바람에 시체가 조각조각 부서지는 듯 굉음을 낸다. 그 소리에 개들이 짖기 시작하고 기차에 시동이 걸려 움직이는 소리가 난다. 미국병사가 돌면서 시체를 움직여 보라고 하자, 아메데는 필사적으로 시체와 함께 뱅글뱅글 돈다. 이 광경을 보고 사람들이 모여든다. 개 짖는 소리와 기차 소리는 더욱 요란해지고 급기야 도망치는 아메데를 두 경찰이 추격한다. 무대는 장터 축제처럼 환해지고 구경꾼들은 이 공짜 구경거리에 즐거워한다.

그때 경이로운 사건이 일어난다. 시체가 '보자기처럼' '거대한 낙하산처럼' 펼쳐지며 아메데를 공중으로 뜨게 한다. 아메데는 경찰들의 추격, 밀폐된 방과 죄의식으로 숨 막히는 세계, 마들렌에게서 벗어나 날아오른다. 일상성 가운데 환상성이 삽입된다. 논리적으로 본다면 결말이 달라졌어야 했다. 이오네스코도 다음과 같이 언급한다.

결코 빠져나갈 수가 없었다. 사실상 이 작품은 출구가 없고 출구 없이 계속되어야 했다. 인물들의 진실성과 논리로 본다면 완전히 숨이 막힐 때까지 무한히 계속되어야 했다. 시체는 더 이상 자리가 없을지라도 계속 커져야 했을 것이다. 절대적으로 해결점을 찾지 못해야 했다.

—시몬 벤무사, 「이오네스코」

그런데 결말이 놀랍게도 가히 초현실적이다. 아메데가 날아오르기 전, 요정 이야기에서처럼 '커다란 달'이 떠오르고 무대가 '달빛으로 환해지고', 하늘에 '엄청난 별 다발'과 '혜성'과 '별똥별'과 불꽃이 갑자기 나타난다(3막). 실존적 악몽이 경이로움과 상상으로 가득한 시적 우주의 모습으로 바뀐다. 「의자」에서 무대 위에 쌓이는 빈 의자를 통해 실존의 고통과 깊은 허무를 무대화했다면 「아메데 혹은 어떻게 거기서 벗어나지?」에서는 시체의 점진적인 증식과 부부의 증가되는 괴로움을 다른 형태의 결말을 통해 보여 준다. 아메데는 환희와 '존재의 놀라움', 해방에 이른다.

마들렌은 경찰 문제는 자신이 알아서 잘 처리할 테니 집으로 돌아오라고 권유한다. "버섯에 꽃이 피었어요. … 버섯에 꽃이 피었다구요"라고 마들렌이 소리치자, 구경꾼들이 모두 따라서 "버섯에 꽃이 피었어요…"라고 합창한다. 아메데는 자신을 쫓는 사람들을 벗어나, 잔소리가 심한 부인으로부터 벗어나 샤갈의 그림 속 인물처럼 하늘을 떠다닌다. 아메데가 그것을 확인한다.

아메데 공기처럼 가벼운 세계 … 자유 … 투명한 힘 … 균형 … 가벼운 가득 참 … 무게가 없는 세계 ….

환희에 가득 찬 날아오름, 아메데는 가벼움과 자유를 말한다. 구경꾼 중의 하나는 "바람 때문이에요. 남자는 다 그 모양이에요. 당신이 필요하지 않으면 떠나 버린다구요! … 남자는 다 큰 아기일 뿐이죠"라고 말한다. 아메데도 "… 믿지 못하겠지만, 내 의무에서 도망치려고 했던 건 아니야. 바람이 그랬어, 난 그러고 싶지 않았어! … 일부러 그런 게 아니야! …"라고 미안해 하기는 하지만 지나치게 안정된 가정과는 양립할 수 없는 자유에 대한 그리움이 더 강하다. 여기에는 이오네스코 자신의 경험이 투영돼 있는 듯 보인다. 『단편일기』에서 그는 자신의 부인에 대해 다음과 같이 적고 있다.

하나의 존재가 자신의 독립성을 필요로 한다는 것을 그녀에게 수용하게 하는 것, 릴케가 말했던 것처럼 자기가 사랑하는 사람에게 해 줄 수 있는 가장 아름다운 선물은 자유라는 것, 그것은 그녀에겐 생각할 수 없는 일이었다. 그녀는 독립성, 자주성, 사람들이 간직할 필요를 가진 자신의 어떤 것이라는 단어를 이해하지 못한다. 그녀는 독립성이라는 것이 뭔지 모른다. 그녀는 다른 이에게 모든 것이고, 다른 이는 그녀에게 모든 것이다. 나는 자유를 열망한다. 그녀가 그걸 어떻게 이해하랴. 그녀에겐 둘이서의 자유만 있는데.

— 『단편일기』

이오네스코의 삶과 체험이 작가인 아메데의 바탕에 깊이 뿌리내리고 있다.

내 모든 희곡의 근저에는 두 개의 근본적인 의식 상태가 있다.

때로는 하나가, 때로는 다른 하나가 지배하고, 간간이 둘이 섞이기도 한다. 이 두 의식 상태는 가벼움과 무거움, 텅 빔과 지나친 현존, 세상의 비현실적인 투명함과 불투명함이다.

— 『노트와 반노트』

그가 행복과 경이로움에 사로잡히는 가벼움의 순간은 드물다. 그보다는 '가벼움이 무거움으로, 투명함이 혼탁함으로' 변하는 순간이 더욱 빈번하다.

세상이 무겁다. 세계가 날 짓누른다. 장막이, 넘을 수 없는 벽이 나와 세계, 나와 나 사이에 놓인다. 물질이 모든 것을 채우고, 물질이 온통 모든 자리를 차지한다. 그 무게 때문에 모든 자유가 사라진다. 지평선이 줄어들고 세계가 숨 막히는 감옥이 된다.

— 『노트와 반노트』

이오네스코는 이러한 상반된 의식 상태가 자신의 「아메데 혹은 어떻게 거기서 벗어나지?」, 「의무의 희생자」 같은 몇몇 희곡의 출발점이 되었음을 『노트와 반노트』의 「나의 희곡들과 나」에서 고백한다.

내 몇몇 작품이 거기에서 출발합니다. … 그런 상태에서는 말보다는 소도구, 오브제들이 중요한 역할을 합니다. 수많은 버섯들이 아메데와 마들렌의 아파트에서 자라나고, 시체는 '기하학적 진행'에 사로잡혀 점점 커지고, 세입자들은 밖으로 내몰립니다. 「의무의 희생자」에서는 세 인물에게 커피를 서비스하기 위해 수많은 잔이 쌓이고, 「새 세입자」에서는 가구가 건물 계단을 봉쇄해서 집으로 들어가려는 인물들을 매몰시킵니다. 「의자」에서는 보이지 않는 인물들과 수십 개의 의자가 무대를 온통 점령하고, 「자크 혹은 순종」에서는 처녀의 얼굴에 여러 개의 코가 자라납니다. 말이 마멸되었다는 것은 정신이 마멸되었다는 것입니다. … 그러나 난 이 큰 불안에 나 자신을 전적으로 맡기지는 않습니다. 내가 고통 속에서, 고통에도 불구하고 또 다른 존재의 행복한 징후인 유머를 등장시키기에 성공한다면, 유머는 나의 짐을 내려놓기, 나의 해방, 나의 구원입니다.

—「노트와 반노트」

유머는 고통과 삶의 '큰 불안' 앞에서의 '거리 두기'이다. 그것은 무거운 삶의 짐을 내려놓는 순간이며 해방과 구원의 순간이 된다. 아메데가 날아오른다. 영혼의 무거운 현실은 작가의 희극적 재능, 그 엉뚱함과 유머 덕분에 놀라운 결말로 이어진다. 이오네스코는 『『아메데 혹은 어떻게 거기서 벗어나지?』에 관하여』에서 "엉뚱함은 가장 어두운 것에서 나오고" 작가의 의무는 단 하나, "자신의 강박 관념과 환상을 자유롭게 풀어주는 것"(『노트와 반노트』)이라 말한다. 유희적인 결말 아래 이오네스코는 자기의 어두운 심리드라마를 풀어놓는다.

8
물건, 소비사회, 소외 – 「새 세입자」

「아메데 혹은 어떻게 거기서 벗어나지?」를 마친 몇 주일 후 1953년 9월에 이오네스코는 이전 작품들의 주요 소재 중 하나인 '사물의 증식과 가속화'를 중심 소재로 새 작품을 쓰기 시작한다. 「새 세입자」는 1955년 핀란드에서 공연되었으며 다음 해엔 런던에서, 프랑스에서는 1957년 9월 로베르 포스텍 Robert Postec의 연출로 오주르디 극장(알리앙스 프랑세즈)에서 초연되었다.

「아메데 혹은 어떻게 거기서 벗어나지?」에서 아메데는 환희에 가득 차서 세상을 떠나 하늘을 향해 날아올랐다. 아메데가 도망친 것처럼 「새 세입자」의 남자는 자신의 동료들이 있는 회사를 떠나 건물 6층에 은둔처를 정한다. 텅 빈 방, 텅 빈 무대에 한 남자가 작은 가방을 가지고 도착한다. 두 이삿짐 운송업자들이 남자의 가구들을 가지고 도착한다. 그들은 잡다한 물건들을 가져와 쌓아 놓고 밀어 넣으면서 급기야 문과 창문을 막아 버린다.

첫 번째 이삿짐 운송업자 그게 다가 아니에요. 더 있어요.
두 번째 이삿짐 운송업자 계단이 꽉 찼어요. 다닐 수가 없어요.
남자 복도도 꽉 찼어요. 거리도요.
첫 번째 이삿짐 운송업자 도시에 자동차들이 다닐 수가 없어요. 가구들로 꽉 차서.

두 번째 이삿짐 운송업자 당신은 적어도 불평하지 마세요. 당
　　　신 앉을 자리는 있잖아요.

첫 번째 이삿짐 운송업자 전철은 아마 다닐 거예요.

두 번째 이삿짐 운송업자 오, 아니에요.

남자 안 다녀요. 지하도 모두 막혔어요.

두 번째 이삿짐 운송업자 당신 가구들 때문이잖아요! 당신이
　　　도시를 온통 마비시켜 버렸어요.

남자 센 강도 이제 흐르지 않아요. 꽉 막혀서 물이 없어졌어요.

　소파에 앉은 남자는 포위되어 꼼짝달싹하지 못하게 된다.
「아메데 혹은 어떻게 거기서 벗어나지?」 2막에서도 가구들이
무대를 가득 채웠었다. 그렇지만 그것은 소도구들이었을 뿐
이다. 「새 세입자」에서는 가구들이 소도구로 그치지 않고 무
대를 조금씩 점령해 나가기 시작한다. 가구들은 점점 불어나
고 그 도착에 리듬이 붙는다. 이삿짐 운송업자들은 꽃병, 작
은 의자들, 또 다른 꽃병 등을 가지고 온다. 그 다음에는 조그
만 원탁, 의자들, 그림들, 여러 무더기의 책들을, 그 다음에는
장롱들, 또 다른 장롱들, 카나페들, 궤들, 찬장들, 긴 사다리들

등을 가지고 온다. 이삿짐 운송업자들의 움직임에 점점 가속이 붙는다.

급기야 가구가 혼자서 도착한다. 가구들이 스스로 문으로 천장으로 계속 들어온다. 가구들의 등장이 활발한 움직임을 형성한다. 그러다가 갑자기 움직임이 멈춘다. 이삿짐 운송업자들이 천장과 문을 닫는다. 첫 번째 이삿짐 운송업자가 꽃다발을 가지고 와서 장롱과 궤짝들 너머 남자가 갇혀 있는 곳으로 던진다. 이삿짐 운송업자가 가구 속에 갇힌 남자에게 "이삿짐을 모두 옮겼어요. 편안히 계십시오"라고 말하며 나가다가 "뭐 더 필요한 건 없으신지요?" 하고 묻는다. 남자는 불을 꺼달라고 한다. 불이 꺼진다.

남자는 이렇게 가구 벽 뒤에 모든 출구가 봉쇄된 채 갇힌다. 빛도, 세상과의 교류도 없이 자신의 '벙커' 쿠션 있는 소파에 자리 잡는다. 작품의 주제는 물건들의 침입이다. 물건들이 끝없이 증가되다가 인간을 뒤덮어 버린다.

이 작품에서도 이오네스코는 일상의 진부함 가운데 '괴이한 것'을 넌지시 끼워 넣는다. 한 남자가 이사를 오는 것으로 시작되는 일상적 현실에서 출발하여 이삿짐 운송업자들의 이삿짐 운반과 더불어 작품은 환상적인 분위기로 넘어간다. 작품 시작의 사실성은 처음 지문에서부터 강조된다. "연기는 처음에 아주 사실적이어야 한다. 무대 장치, 그리고 사람들이 운반할 가구들도 마찬가지다." 막이 열리며 무대 뒤에서 목소리, 망치 소리, 아이들 소리, 계단에 발자국 소리, 크랭크 오르간 소리, 열쇠 꾸러미를 흔들며 "라, 라, 라" 노래하는 관리인 여자의 시끄러운 소리가 들리는 일상의 풍경은 이삿짐의 도착과 더불어 점점 환상적으로 변해 간다.

관객들은 한 남자를 가구로 포위하는 일에 참여한다. 물건들이 하나하나 도착한다. 우리가 이미 「의자」에서 빈 의자들이 하나둘 쌓이는 것을 보았다. 여기서는 가구들이다. 이삿짐 운송업자들이 작은 가구, 큰 가구들을 나른다. 문제는 그 가구들을 나르는 움직임이다. 가구 운반이 기하학적 진행과 증식을 보여 주면서 현실의 변형이 시작된다. 급기야 가구들은 혼자 운반된다. 멈추지도, 끝나지도 않고 너무나도 잘 작동하는 움직임이 인간과 세상을 기계로 만든다. 이성을 잃은 광적인 기계성만이 세상을 지배한다. 찰리 채플린의 「모던 타임즈」에서처럼 기계성이 인간을 집어삼킨다. '보이지 않는 힘에 의해 밀린' 찬장이 무대에 놓이고 창문들이 혼자 닫힌다. 일상의 사실성은 사라진다. 이삿짐 운반업자들은 무거운 것을 들며 가벼운 것처럼, 가벼운 것을 들면서 무거운 것을 드는 것처럼 하면서 '연기가 절대적인 침묵 가운데 이루어진다.'

이 작품은 부와 그 폐기물의 노예로, 물건이 넘치고 넘치는 사회의 무질서하고 짐승 같은 증식에 질식되어 가는 현대인의 이미지를 그리고 있다. 경비원 여자가 무수히 쏟아 놓는 말, 외부 세계의 소음, 쌓이는 가구는 물질성의 상징으로 인간의 정신성을 질식시킨다. 그 물질들은 세입자의 감옥이자 무덤이 된다.

이오네스코의 작품에서는 모든 것이 증가한다. 언어(「대머리 여가수」, 「수업」), 숫자(「수업」, 「갈증과 허기」), 살인(「수업」, 「무보수 살인자」), 보이지 않는 인물들(「의자」), 빈 의자(「의자」), 알(「미래는 알 속에 있다」), 커피 잔(「의무의 희생자」), 시체(「아메데 혹은 어떻게 거기서 벗어나지?」, 「살인 놀이」), 버섯(「아메데 혹은 어떻게 거기서 벗어나지?」), 소리(「대머리 여가수」, 「아메데 혹은 어떻게 거기서 벗어나지?」), 가구(「아메데 혹은 어떻게 거기서 벗어나지?」), 조립식 상자(「무보수 살인자」), 코뿔소(「코뿔소」), 죽음의 기호들(「왕이 죽어 가다」), 폭정의 희생자(「막베트」)들. 물건, 식물, 동물, 존재, 언어, 숫자, 심지어 수량으로 표시할 수 없는 시체, 생각의 범주까지 증식의 대상이 된다. 강박 관념적으로 드러나는 이오네스코의 이 기하학적 증식의 세계는 비합리적 힘에 종속되는 세계다. 물질은 공격적으로 인간의 세계에 침투해서 인간의 정신을 위협한다. 가구들의 경이롭고, 환상적인 증식의 행간에서 우리는 위협적 현실과 마주하게 된다.

증식은 악몽에 이르게 만든다. 아메데에게 시체는 악몽이 되고, 새 세입자는 엄청난 가구들에 갇혀 편안함을 느낀다. 죽음의 그림자가 엿보인다. 처음에 검은 수염의 중년의 남자는 '머리에 중산모자를 쓰고 검은 윗도리와 윤이 나는 구두, 작은 검은 가죽 가방' 등 온통 어두운 색으로 걸치고 이사할 집에 나타난다. 이렇게 온통 검은색의 옷을 입은 세입자가 가구로 완전히 둘러싸여 갇히게 되자 두 번째 이삿짐 운송하는 사람은 안으로 꽃다발을 던진다. 사람들은 일종의 장례식에 참여하게 된다. 가구 무덤이다. 소비 사회의 넘쳐나는 물건들이 세입자를 절대 고독 속에 가두고 설상가상으로 그는 그 속의 쿠션 있는 소파에 편안하게 자리 잡는다. 소비사회의 노예가 되어 그 속에 갇혀 편안함을 느끼는 인간에 대한 풍자를 볼 수 있다. 문제는 그 증식이 지닌 위험성이다. 가구들의 증식 은 초과밀 상태의 파괴적 힘으로 거리를, 지하를, 강을, 전 도 시를, 그리고 인간을 마비시킨다. 물건의 울타리에 갇히는 일 은 질식이며 자살이다.

이오네스코에게 있어서 물질의 증식과 정신성의 부재는 같 은 현상의 표면과 이면이다.

> 물질로 넘치는 세계는 실존이 비어 있다. '지나친 것'은 '충분하 지 않은 것'이다. 물건은 반정신적인, 즉 정신적이지 못해서 우 리가 맞서서 싸우는 힘과 고독의 승리를 구체화한 것이다.
>
> ─ 『노트와 반노트』

9
아방가르드 연극을 논하다 ─ 「알마의 즉흥극」

「알마의 즉흥극 혹은 양치기의 카멜레온*L'Impromptu de l'Alma ou*

le Caméléon du Berger」은 1956년 모리스 자크몽Maurice Jacquemont의 연출로 샹젤리제 스튜디오Studio des Champs-Élisées에서 초연되었다. 이 작품은 이오네스코가 자신의 작품에 대한 여러 비평가들의 비평에 대해 처음으로 연극 작품을 매개로 응답한 작품이다. 1955년경의 이오네스코는 유명한 작가는 아니었지만 '부조리 작가', '아방가르드 작가'라는 꼬리표가 따라다니며 비평가들의 관심이 대상이 되었다.

아다모프, 사르트르 같은 그 당시 좌익 지성들 가운데 브레히트가 유행했고 1954년, 1955년에는 프랑스에서도 브레히트에 대한 연구서가 많이 나온다. 그 당시 잡지『대중 연극*Théâtre populaire*』의 두 기둥이었던 비평가 롤랑 바르트Roland Barthes와 베르나르 도르Bernard Dort, 『피가로』지의 장 자크 고티에Jean-Jacques Gautier도 '브레히트 주의brechtisme'에 대해 우호적이었다. 그들은 이오네스코 작품을 탐탁하게 여기지 않았으며 특히 세 비평가 중에 베르나르 도르는 「핑-퐁」과 함께 사회극과 연결된 아다모프*를 지지하며 이오네스코에게는 아방가르드의

---

* 아다모프는 1950년대 초기 '아방가르드 연극'을 대표하던 작가들 그룹에 속한다. 그는 이오네스코와도 친구로 지냈으나 '참여' 연극을 옹호하기 시작하면서 자신의 초기작들을 부인한다. 브레

허무주의를 버리고 메시지를 주는 작품을 쓰도록 촉구했다. 이오네스코는 그들의 강력한 충고를 전혀 개의치 않고 프랑스 지성들에게는 호의적으로 수용되었지만 그가 보기에는 너무 단순화되고 축소돼 보인 '브레히트 주의'를 전적으로 거부한다. 이오네스코는 몇몇 기사들을 통해 자신의 글쓰기 방식들을 정의하고 그 뜻을 밝힌다.

1955년 가을 『렉스프레스L'Expresse』지에 실린 「내 희곡은 세상을 구한다고 주장하지 않는다」라는 기사는 그 제목 자체가 그의 입장을 대변하고 있다. 베르나르 도르는 10월 20일 『프랑스 옵세르바퇴르France Observateur』에 「이오네스코: 반항으로부터 복종으로?」라는 제목의 기사로 다시 이오네스코를 공격하고, 이오네스코는 1956년 2월 『예술』지에 발표한 「내 비평들과 나」라는 기사를 통해 무엇을 하든 비평은 결코 만족하지 않는다는 감정을 표현한다.

히트와 마르크스가 유럽에 영향을 미치던 시기에 그는 자신의 전향을 「나의 변신(Ma métamorphose)」이라는 제목의 기사로 『프랑스 옵세르바퇴르(France-Observateur)』에 발표한다. 참여 연극의 입장에서 베케트의 「고도를 기다리며」와 이오네스코의 「의자」를 비판했고 이오네스코와 점차 사이가 소원해진다.

이번에도 내가 잘못 생각했다. 그럼에도 불구하고 더 이상 어떤 혼란도 주지 않을 해결점을 찾을 수 있다고 믿었었다. 희극이나 드라마나 비극을 쓰지 않고 단순히 '체험'에서 나온 서정적 텍스트를 쓰며 나는 무대에 내 두려움과 깊은 고뇌를 투영했다. 그 것들을 대화로 옮기고, 갈등들을 구체화하면서 진심을 다해 나의 가장 깊은 마음을 드러냈다. … 사람들은 실없는 농담이나 하는 진지하지 못한 인간으로 취급했다.

— 『노트와 반노트』

마침내 그는 무대를 강력한 풍자적 도구로 이용할 결심을 한다. 「알마의 즉흥극」은 이러한 비평에 대한 부분적인 대답이며 '좌파'인 베르나르 도르와 롤랑 바르트, '우파'인 장 자크 고티에 세 비평가를 비평하며 브레히트에 관해서는 명확한 선을 긋는다.

「알마의 즉흥극」은 그 제목에서 몰리에르의 「베르사이유 즉흥극 L'Impromptu de Versailles」을 연상시킨다. 몰리에르는 이 작품에서 자신의 연극관을 제시했고 부르고뉴 대저택의 자신의 경쟁자들을 패러디했다. 「알마의 즉흥극」에는 세 박사(바르톨로메우스 I, II, III)와 이오네스코라는 이름의 극작가가 등장한다. 몰리에르가 그랬듯이, 이오네스코가 비평가들 앞에 자신을 드러내는 메타연극적 작품이라는 것을 알 수 있다. 연극의 문제들을 다루는 이오네스코가 「목동의 카멜레온_Le Caméléon du Berger_」이라는 희곡을 쓰는 이오네스코를 무대에 올린다. 바르톨로메우스 I, II, III은 몰리에르 박사들처럼 괴상하게 옷을 입고, 밀담을 좋아하며, 거들먹거리면서 박사의 권위를 드러내고자 한다. 모두 이름이 바르톨로메우스인데 작가 이오네스코 앞에서 그들의 통일성을 드러내 보이기 위한 설정이다. 모두 서사극과 불바르boulevard극을 지지하는 자들로 셋이 공조해 이오네스코의 글쓰기 방식을 변화시키려고 한다. 가정부 마리는 재치 있고 양식 있는 몰리에르 하녀들과 비슷하다.

「알마의 즉흥극」은 즉흥극이 아니라 사실상 풍자적 목적으로 정성스럽게 구성한 텍스트이다. 이 작품에서 극작가로 나오는 인물 이오네스코는 세 박사 바르톨로메우스 I, II, III의 방문을 받는다. 바르톨로메우스 I은 '연극학' 박사이고 바르톨로메우스 II, III은 '무대 장치학'과 '의상학'과 '공연 심리학' 박사들이다. 그들은 이오네스코가 쓰고 있는 작품에 대해 일치를 보지 못하고 고집스러운 작가를 교육해야겠다고 생각한다. 이 세 인물은 위에서 언급한 유명 세 비평가를 겨냥하고 있음을 짐작할 수 있다.

이오네스코가 사무실에서 잠을 자고 있는데 바르톨로메우스 I이 이오네스코의 새 작품을 받으러 온다. 그는 자신의 작품이 아직 완성되지 않았다고 하다가 주요 부분은 완성되었다고 한다. 바르톨로메우스 I은 이오네스코에게 작품을 읽어 보라고 한다. 이오네스코는 우리가 보는 작품과 일치하는 「알마의 즉흥극」의 첫 부분을 읽는다. 그는 이오네스코의 새 작품이 '초과학적이고 초대중적인 시대'의 원칙을 따르도록 요구하고 그 다음에 도착하는 두 바르톨로메우스도 똑같이 요청한다.

연극의 본질과 극작가의 임무에 대한 논쟁이 계속된다. 세 바르톨로메우스는 자신들과 의견이 다른 이오네스코를 협박하며 자신들의 지식을 드러낸다. 아다모프, 사르트르, 브레히트를 좋아하는 박사들은 즐거움을 주고 기분 전환을 해 주는 연극보다는 '교육적 사건, 교육으로 가득 찬 사건에 대한 강의'인 서사적 연극을 해야 한다고 주장한다. 비난받은 이오네스코는 '자신의 무지에 대한 자아비판'을 하고 적들을 분열시키는 논쟁을 이용해 슬그머니 사라지려고 하지만 세 바르톨로메우스는 연합해서 이오네스코를 적으로 삼고 공격을 퍼붓는다.

사물을 보는 방법이 이오네스코와는 전혀 다른 그들은 급기야 이오네스코의 위험스러운 무지를 고쳐 주어야 한다고 생각한다. 그들은 연극은 연극성의 발현이며, 연극적 본질을 지니고 있기 때문에 공연에서 그 의미를 지닌다는 것을 이오네스코에게 가르친다. 즉 희곡은 배우들에 의해 극장 무대에서 관객을 위해 공연되기 위해 만들어졌다는 것이다. '연극학'의 과학적 구성에 대한 논의를 한 다음 그들은 자신들의 이데올로기를 이오네스코의 텍스트에 적용한다. 이론의 다음은 실천의 순서다. 연극을 하기 위해서는 관객이 필요하다. 이오네스코는 문 앞에서 오래 전부터 기다리고 있는 자신의 가정부를 들어오게 한다.

가정부 마리가 들어오기 전에 세 박사는 브레히트의 이론에 따라 사무실을 준비한다. 바르톨로메우스 I은 베르토루스 Bertholus 교수의(브레히트를 지칭하는 것임을 짐작할 수 있음) 대논제를 읽으며 무대 배치(이오네스코의 방)를 역사화하고, 극 행동을 지시하는 현수막과 사실적이지 않은 물건들을 배치하며, 현실을 '탈현실화'하고, 연극의 제스처를 양식화하며 이오네스코의 복장을 고치려 한다. 이오네스코는 '학자'라고 쓰인 현수막과 당나귀 가면을 받는다. 브레히트의 '거리두기' 이론처럼 자신으로부터 거리를 유지하고 스스로를 비판하기 위해서이다. 바르톨로메우스 II는 "당신을 당신 자신과 동일화하지 마세요. 당신은 늘 자기 자신이 되는 잘못을 범하고 있어요"라고 한다. 바르톨로메우스 I은 "연기하면서 스스로를 관찰하세요. 이오네스코가 되지 않으면서 이오네스코가 되세요"라고 말한다.

마리가 개입해서 이 상식에서 벗어난 분위기에 종지부를 찍는다. 그녀는 이오네스코가 제정신으로 돌아오도록 그의 뺨을 때리고 현수막들을 걷어치우며 박사들을 빗자루로 쫓아낸다. 주인공 이오네스코는 혼자 작품이 끝났음을 선포하고 배우들에게 무대로 되돌아가도록 요구한다. 그리고 세 박사와 마리가 되돌아올 때까지 자신의 연극관, 비평, 창작, 심리구조와 언어체계 등을 장황하게 늘어놓는다. 이번에는 이오네스코 자신이 박사들에게 전염되어 현학적인 아카데미즘에 빠졌음을 보여 준다. 세 바르톨로메우스는 "사람들에게 교훈을 주려고 하는 것을 싫어하는 당신이 이번에는 교훈을 주려고 애쓴다"며 이오네스코를 비판한다. 마리가 박사 옷을 들고 와서 이오네스코의 어깨에 놓으며 "당신도 스스로를 대단한 인물로 여기시나 봐요, 이오네스코 씨?"라고 말한다. 그러면서 이번이 처음이고 처음은 습관적인 것이 아니라고 그의 행동을 옹호한다.

> **이오네스코** 미안합니다, 다시는 안 그럴게요. 이번은 <u>예외적</u>
>   이에요 ….
> **마리** <u>규칙</u>이 아니구요.[*]

「알마의 즉흥극」의 주제는 연극에 대한 이론적 고찰이다. 그 이론들이 작가 이오네스코, 세 박사 바르톨로메우스, 하녀의 입장을 통해 극화된다. 우선 극작가 이오네스코와 세 박사들 사이의 대립에서 비평가들은 끊임없이 그에게 달라붙어 연

---

[*] 이오네스코는 여기서 브레히트 작품의 제목인 「예외와 규칙(*L'Exception et la règle*)」을 가지고 유회를 한다.

설을 늘어놓고 훈계를 하며 그를 바꾸어 놓으려고 안간힘을
쓴다. 그다음으로 세 박사와 마리의 대립에서 그녀가 이오네
스코와 세 박사가 벌이는 말도 안 되는 꼭두각시극에 개입해
연극을 끝내고 박사들을 빗자루로 내쫓는 것으로 봐서 여기서
마리는 대중적 양식을 가진 관객을 상징하는 것으로 보인다.

세 박사는 연합하여 이오네스코를 공격하지만 그들 사이에
도 미묘한 경쟁관계가 드러난다. 둘은 모두 '참여' 연극과 과
학적 비평을 옹호하고 있지만, 그중 하나는 실존주의자로 사
르트르를 옹호하고, 다른 하나는 마르크스와 브레히트를 추
종한다. 세 번째 박사는 불바르 연극 스타일을 옹호한다. 세
박사 바르톨로메우스 I, II, III에서 베르나르 도르와 롤랑 바르
트, 장 자크 고티에의 모습을 찾기는 그다지 어렵지 않다.

이 연극 논쟁의 형태로 된 풍자적 소극은 이오네스코가 참
여 연극을 쓰지 않는다고 비판했던 세 비평가를 대상으로 삼
아 브레히트에 대한 그들의 숭배를 비판하고 있다. 이 작품은
'브레히트 주의'에 대한 여러 암시로 가득 차 있다. 브레히트의
'교훈주의', '거리두기', '극적 환상' 등은 모두 혹평과 풍자의 대
상이 된다. 그렇지만 세 박사들의 현학적이며 우스꽝스러운

말장난과 옷차림, 이오네스코가 허세를 부리다가, 당황하다가, 두려움에 떨다가, 배운 강의를 따라하는 모습들, 마지막에 빗자루를 들고 이오네스코의 뺨을 때리고 박사들에게 빗자루질을 하는 하녀의 모습 등은 날카로운 비평을 유머와 웃음으로 표현한 한 편의 꼭두각시극을 보는 것처럼 만든다. 교조주의적 비평의 결점을 유머러스하게 비웃으며 이오네스코는 연극, 작가로서의 위치, 비평에 대한 자신의 입장을 뚜렷하게 드러낸다. 그는 관념이 '주의主義'의 성격을 띠게 될 때 위험하게 된다고 본다. 그에게 창작은 고백이다. 일상사를 나열하는 것이 아니라 좀 더 깊은 자신의 내면 탐사를 목적으로 한다.

이오네스코 나에게 연극은 무대 위에 내면의 세계를 투영하는 것입니다. 내 꿈, 번민, 어두운 욕망, 내면의 갈등이 연극의 재료가 됩니다.

그는 무의식을 인간의 공통적 언어로 보며 그 보편성을 정당화한다. 「알마의 즉흥극」은 이어지는 티넌Kenneth Tynan과의 논쟁과 새로운 경향의 베랑제시리즈 작품의 서막이 된다.

3

반항, 실존적 탐색, 회귀

1
아방가르드에서 고전 작가로

이오네스코는 「알마의 즉흥극」 이후 여러 비평가들과의 논쟁의 시기(특히 1958~1960년)를 거치며 「무보수 살인자」(1959), 「코뿔소」(1960) 등과 같이 1950년대 초기 작품들과는 현저히 다른 양상의 작품들을 선보인다. 전복적이고 실험적인 정신을 보여 준 1950년대 전반기의 작품들과는 달리 덜 도전적이고, 더 고전적이 된다. 사실상 그는 늘 자신은 '고전주의'에 참여한다고 밝혀 왔다. 초기 작품들이 반反연극 작품들이었느냐는 질문에 대해 이오네스코는 '나는 마침내 고전주의자가 되었다'라는 제목의 인터뷰에서 다음과 같이 대답한다.

마침내 난 내가 반反연극을 하기를 원하지 않았다는 것을 알게 되었어요. 난 연극의 영구불변한 기본 도식을 직관적으로 나 자신 속에서 찾아내었기를 바랍니다. 결국 고전주의를 지지한다는 말입니다. 망각되었지만 영구불변한 원형들을 새로운 표현

을 통해 발견하는 것, 아방가르드는 그런 것입니다. 진정한 창
조자는 모두 고전적이지요 …. … 원형이란 언제나 젊습니다.

— 『노트와 반노트』

「무보수 살인자」를 기점으로 이오네스코는 일관된 정체성
이 없고 심리적 깊이도 결여된 1950년대 초반부의 꼭두각시
같은 등장인물들에서 벗어난다. 주로 부부를 중심으로 인물
의 내면 세계를 들여다보고 그것을 환상적으로 그려 내던 작
품들에서 그룹의 문제, 이데올로기의 대치 등 좀 더 구체적인
현실을 반영하는 주제들로 옮겨 간다. 「무보수 살인자」에서
는 도시를 황폐하게 만드는 신비한 살인자에 맞서는 인물로,
「코뿔소」에서는 무리에 합류하기를 거부하는 개인주의자로,
「공중 보행자」에서는 시인으로, 「왕이 죽어 가다」에서는 죽
음에 사로잡힌 군주로, 「코뿔소」, 「무보수 살인자」, 「공중 보
행자」 세 작품에서는 사회적 힘에 대항하는 개인으로, 「왕이
죽어 가다」에서는 가차 없이 다가오는 죽음에 직면하는 인물
로 등장한다.

「무보수 살인자」에서 베랑제는 '빛나는 도시'에서 이유 없이

사람들을 죽이는 살인자에 맞서 그를 설득하려고 고군분투하지만 결국 자기 목을 내주고 "하느님, 아무것도 할 수가 없어요! … 그런데 왜 … 그런데 왜"라고 절규한다. 그는 자신의 고통과 환상과 환멸과 실존적 문제를 해결하려고 노력하는 인물이다. 서투르고 우스꽝스러우면서도 감동적인 그는 새로운 휴머니즘을 세우기 위해 싸운다.

「코뿔소」에서 베랑제는 반대 방향으로 달린다. 사는 게 불편해서 술이 주는 망각과 환희에 빠진 이 주인공은 점점 지나가는 모든 길을 황폐하게 만드는 이데올로기의 큰 물결에 직면하게 된다. 동료들, 친구와 여자 친구, 기관들과 정부, 누구도 저항하지 않는 것을 보고 베랑제는 온 힘을 다해 코뿔소화의 폭력에 대항해 싸우겠다고 결심한다. "타협하지 않겠다"는 베랑제는 페스트, 온갖 형태의 독재, 개인의 굴종에 대항해 싸우면서 자신의 도시에 자유와 존재의 느낌을 되찾아 주는 카뮈의 「계엄령」(1948)의 디에고Diego, 아르고스Argos에서 파리떼를 내쫓으며 삶의 기쁨을 되돌려 주는 사르트르의 「파리떼」(1943)의 오레스트Oreste와 유사한 주인공의 특성을 보인다.

이 시기에 이오네스코는 보편적 주제, 풍부한 내용으로 심

오한 울림을 주는 작품들을 쓴다. 1962년 「왕이 죽어 가다」에
서는 서서히 죽어 가는 왕 베랑제, 1963년 「공중 보행자」에서
는 죽음에 대한 두려움으로 작품을 쓸 수 없는 작가 베랑제를
통해 이오네스코는 자신의 실존적 고통과 죽음에 대한 강박
관념을 무대화한다. 「무보수 살인자」, 「코뿔소」, 「왕이 죽어
가다」, 「공중 보행자」 등 이 시기 작품들의 주인공 이름이 모
두 베랑제인 것도 특징적이다. 이오네스코가 대화 연극으로
되돌아오고 베랑제라는 인물이 하나의 통합과 통일성을 주는
「무보수 살인자」, 「코뿔소」, 「왕이 죽어 가다」, 「공중 보행자」
같은 작품들은 그의 연극이 인간이기를 포기하게 될 해로운
허무주의적 불안의 징후를 내포하고 있다고 불만을 표시하던
비평가들로부터 좋은 평가를 받는다.

　인간에 대한 좀 더 드러난 사색, 문제극으로 침몰하기보다
는 반대로 모든 형태의 독단주의와 추종에 반대하면서 인간
에 대한 일종의 믿음과 의미로의 회귀를 분명하게 드러내 보
이는 점이 가치로 두드러진다. 가브리엘 마르셀은 꿈과 현실
사이에서 갈등하는 「공중 보행자」의 베랑제와 그의 부인이
'작가가 결코 무대에 올리지 않았던 가장 진실하고 가장 인간

적인 인물'이라고 평가했다. 10년 만에 이오네스코는 스캔들의 과거로부터 고전 연극으로 향한다.

연극계에 데뷔한 지 10년 만에 「코뿔소」가 장-루이 바로의 연출로 프랑스 오데옹 극장 무대에 오르게 된 것은 공식적 성격의 축성이었다. 또한 「갈증과 허기」가 코메디-프랑세즈 무대에 오르면서 이오네스코는 명실공히 고전 작가의 대열에 오르게 된다. 그의 명성은 그가 1970년 아카데미 프랑세즈 회원으로 선출됨으로써 확고부동해진다.

2
악, 알레고리 – 「무보수 살인자」

「무보수 살인자」는 1955년 11월 1일 『N.R.F』 잡지에 실린 작품으로 1962년 『대령의 사진』이라는 제목의 모음집에 수록된다. 이오네스코는 20페이지 정도 되는 이 이야기가 어떻게 출발하였는지 다음과 같이 밝히고 있다.

살인자를 찾고 있었어요. 갑자기 어슴푸레한 빛 가운데 그가 나타났어요. 다가갔죠. 그때 그의 칼을 봤어요. 그 칼이 내 꿈의 끈을 끊어 놓았어요. 그날 아침 중편을 하나 썼는데 그게 『대령의 사진』입니다.

— 이오네스코, 『연극 전집』

이 작품은 도시 건축가를 동반하고 아름다운 도시를 방문하는 익명의 순진한 화자의 이야기를 그리고 있다. 완벽한 이 도시에서 매일 희생자를 내는 살인자와 맞닥뜨리며 결국 그 앞에서 자신의 총을 거두어들이는, 비이성적인 것 앞에서의 인간의 실패를 시인하는 내용을 담고 있다.

이오네스코는 이 이야기를 토대로 이야기 전개의 구성을 다시 짜고, 중요 인물을 통해 철학을 발전시키고, 대화를 구성하고, 부차적인 인물들을 늘리고 연극적인 효과를 주기 위해 분위기를 강화하면서 군중을 제외하고도 35명의 인물이 출연하는 3막짜리 장막극으로 만들었다. 「무보수 살인자」는 1958년 4월 14일 독일에서 초연되고, 프랑스에서는 1959년 2월 27일 로카미에 극장Théâtre Rocamier에서 조세 카글리오José Quaglio의 연출로 공연되는데 이어지는 베랑제시리즈의 첫 작품이 된다.

도시 건축가의 초대를 받고 베랑제는 하늘이 푸르고 거리에는 태양이 내리쬐고 집들이 녹음과 꽃으로 둘러싸여 있는 '햇살이 눈부신 도시'를 방문한다. 한순간, 그는 살고 사랑하는 행복감, 가벼움과 날아오를 것 같은 황홀한 감정에 젖는다.

그런데 이상한 징후들이 나타난다. 발에 돌이 떨어지고 창문이 부서지는 소리가 들리고 황폐한 거리에는 창문들이 꼭꼭 닫혀 있다. 그를 초대한 건축가는 이 도시에 살인자가 있다고 알려 준다. 이 도시에서 경찰 역할까지 겸하고 있는 이 건축가는 살인자가 부랑자 차림으로 희생자들에게 접근해서 동정심을 사고, 물건들과 조화들과 우편엽서, 가위, 모자, 담배 등을 보여 주며 연못으로 유인하는데 거기가 살인을 하는 장소라고 설명한다.

건축가   걸어서 당신도 아는 저 연못까지 오게 되면 방법을 바꿔서 느닷없이 대령의 사진을 보여 주겠다고 제안해요. 마음씨 좋은 사람은 거절하기가 어려워서 어두우니까 좀 더 잘 들여다보기 위해 사진 쪽으로 몸을 숙이게 되죠. 그러면 끝장이에요. 상대방이 사진을 들여다보는 순간 그 사람을 밀쳐 연못에 빠뜨려 익사하게 만든답니다. 일이 끝나면 또 다시 새로운 희생자를 찾아 나서죠.

(1막)

  집으로 돌아온 베랑제는 방에서 자기를 기다리고 있는 에두와르를 발견한다. 그가 자기 방 열쇠를 가지고 있다는 것에 의아해 하며 건축가에게서 들은 살인자의 이야기를 들려주는데 에두와르는 별로 놀라지 않는다. 나가는 순간 에두와르의 가방이 열리는 바람에 가방 속의 물건이 쏟아진다. 베랑제는 대령의 사진과 더불어 조화, 춘화, 핀, 펜대, 겹겹이 겹쳐 있는 상자들, 담배, 엽서, 게다가 희생자들의 이름, 주소, 살인 일지와 희생자들 리스트가 적힌 수첩을 발견하고 놀란다. 에두와르는 자신이 왜 이 물건들을 지니고 있는지를 잘 설명하지 못한다. 베랑제는 에두와르와 함께 경찰에게 이 사실을 알리러 간다. 그들은 깜박하고 가방을 의자 위에 놓고 나간다. 베랑제는 문 닫기 전에 경찰서에 도착하기 위해 서두르나 에두와르는 기침을 하고 숨을 헐떡이며 쉬어 가기를 원한다.

에두와르가 살인자의 가방을 가지고 있지 않다는 것을 베랑
제가 알아차렸을 때 비슷한 가방들이 이곳저곳에서 튀어나온
다. 연미복에 실크모자 차림의 술주정뱅이의 손에도 가방이
들려 있고, 흰 턱수염의 자그마한 노인의 손에도 에두와르가
들었던 가방과 흡사한 커다란 검정 가방이 들려 있고, 피프 어
멈Mère Pipe의 주먹 끝에도 가방이 들려 있다. 그런데 그 어떤
것도 살인자의 것이 아니다. 베랑제는 에두와르에게 집에 가
서 가방을 찾아오라고 시키고 혼자 경찰서로 간다.

갑자기 베랑제는 창백한 황혼 아래, 시간이 멈추어 버린 끝
없는 길 위에 혼자 서 있게 된다. 걸음은 점점 더디어지고, 불
안과 괴로움은 점점 커진다. 갑자기 '하나밖에 없는 눈에서 차
가운 빛을 발하는' 애꾸눈 살인자가 나타난다. 살인자가 비관
주의자일까, 허무주의자일까, 무정부주의자일까, 반反군국주
의자일까, 여성혐오자일까 등등 살인자의 살인 동기를 이해
해 보려고 노력하는 베랑제를 보고 살인자는 비웃는다. 베랑
제는 사랑과 박애, 우정을 들먹이며 살인자에게 간청도 하고,
협박도 하고, 욕도 하다가 급기야 총을 빼든다. 그렇지만 결국
베랑제는 총을 내린다. 증오와 잔혹함에 대항하는 총탄들이

무슨 소용이 있단 말인가? 베랑제는 무릎을 꿇고 더듬더듬 되뇐다. "하느님, 아무것도 할 수가 없어요! … 그런데 왜 … 그런데 왜 …." 그러는 동안 살인자는 칼을 들고 다가온다.

베랑제는 빛으로 가득 차고, 서정적이고, 경이로운 세계로부터 더럽고, 우스꽝스럽고, 괴롭고, 비극적인 세계를 가로지르며 부당한 현실과 직면한다. 1막 초반에 삶의 기쁨과 환희에 사로잡혔던 주인공은 살인자의 존재에 놀라며 죽음, 실존의 무게에 눌리기 시작한다. 연못에 익사한 최근의 세 희생자들의 존재, 건축가의 비서 다니Dany의 죽음, 컴컴한 베랑제의 방, 집과 거리의 소리만 들리고 창문으로 사람들의 실루엣만 보이는 그로테스크한 분위기, 주인 없는 방에 에두와르가 들어오고 검은 가방에서 살인자의 물건이 드러날 때 작품은 마치 어느 탐정소설 같은 긴장감을 준다.

3막에서 베랑제는 극심한 악몽에 시달린다. 깜박하고 에두와르의 가방을 집에 두고 왔는데 여기저기서 가방이 나타난다. 그런데 자신이 찾던 가방이 아니다. 그는 술주정뱅이, 흰 수염의 노인과 싸우고, 피프 어멈은 노인과 싸운다. 노인은 파리에서 다뉴브 강을 찾고 있고, 마을의 경찰들은 거인들인데

다가 생각을 읽는 기계들이다. 공간이 늘어난다. 베랑제는 걷고 또 걷는데 경찰서는 그만큼 더 멀리 가 있다. 현실은 그로테스크한 악몽의 장소가 된다.

살인자의 완전한 증오, 절대적 잔혹성을 향해 베랑제는 그를 이해하려고 노력하고, 설득하고, 회유하며 잔혹한 현실을 변화시켜보려고 하지만 그 노력은 실패로 돌아간다. 베랑제는 총을 내리고 살인자가 칼을 들어 올리면서 비이성적인 것 앞에서 인간은 실패하고 비극적 상황에 놓인다. 인간을 죽이는 능력을 가지고 눈꺼풀이 없어서 눈을 깜박이지 않는 그리스 신화의 신 키클롭스처럼 살인자는 외눈 거인이다.

이 작품은 두 개의 대립적 이미지를 보여 준다. 첫째, '마법적인 빛'이 비치는 '빛나는 도시', '기적'과 '경이로움'이 있는 이곳은 아름다움과 빛나는 기쁨과 '놀라운 푸른 하늘'과 봄으로 상징되는 황홀한 행복을 솟아나게 하는 곳이다. 베랑제는 한순간 '실존의 아픔'으로부터 벗어나 존재하는 것의 '경이로움'을 느낀다. 둘째는 살인자의 모습으로 나타나는 악과 죽음의 이미지다. 순진한 주인공은 '이상의 세계'에서 불합리한 '현실의 세계'를 가로지른다. 이 빛나는 도시는 어디일까? 베랑제는 이것을 죄, 추락의 기독교적 이미지와 연결해 사용한다.

> **베랑제** 난 봄이 영원히 돌아왔다고 생각했어 … 우리가 살면
> 서 잃어버린, 그래서 되찾을 수 없으리라고 생각했던 꿈,
> 열쇠, 인생 … 이 모든 것이 살아서 되돌아왔다고 말이야.
>
> (2막)

그런데 '아름다움만이 영원한 봄꽃을' 피우고 '시들지 않는 꽃들'이 피리라고 믿었던 그 빛의 도시에서 약혼자가 죽는다. 이 도시가 살인자가 움직이는 '가짜 빛'의 도시라는 것을 받아들일 수 없다고 하는 베랑제에게 에두와르는 "자넨 항상 엉뚱한 걸 찾고, 손에 닿지 않는 것을 구하고 있어"라고 하며 "세상에는 질서가 있다"고 말한다. 작가는 특히 사회적·정치적 악들을 고발한다. 추락에 의해 더럽혀진 성경적 에덴의 정치적 모사품이라고 할 수 있는 '빛나는 도시'를 세우고 감독하는 건축가-경찰은 살인자, 즉 죽음을 눈감아 준다. 예술가와 권력의 결탁이다. 이곳에서 경찰은 죄 없는 사람들에게 벌을 주고, 군대보다 더 우위에 있다.

대중선동가에 대한 기괴한 풍자를 엿볼 수 있는 피프 어멈의 연설은 전체주의, 특히 스탈린주의를 반영하고 있는 부분이 여러 곳에서 눈에 띈다.

> **피프 어멈** 모든 것을 변화시킬 것을 약속합니다. … 더 이상 못살게 굴지 않을 겁니다. 벌을 주고 정의를 실천할 따름이지요. 우리는 다른 나라를 식민지로 만들지 않을 겁니다. 해방시키기 위해서만 점령하는 것이지요. 우리는 사람들을 착취하지 않을 겁니다. 그들로 하여금 생산하게 시킬 겁니다. 강제노동은 자발적 노동이라고 부를 것이며 전쟁은 평화라 부를 것입니다. 모든 것이 나와 나의 거위들 덕분에 변할 것입니다. … 지성인들은 … 우리는 그들을 거위 발밑에 둘 겁니다. 거위들 만세!
>
> (3막)

피프 어멈은 이렇게 말하면서 군중들에게 "거위 발에 맞춰 행진합시다"라고 소리친다. 그녀는 '거위가 한가운데 그려진 초록색 깃발'을 흔들고 군중은 그녀의 슬로건을 따라하며 박자에 맞춰 걷는다. 그녀는 우리가 익히 알고 있는 역사와 이데올로기 개념을 반복한다.

피프 어멈 국민 여러분, 여러분은 속고 있어요. 속임수에서 벗어나야 합니다. … 난 여러분을 위해 속임수를 벗겨 낼 무리를 키웠습니다. 그들이 여러분의 속임수를 벗겨 줄 거예요. 하지만 속임수를 벗기려면 속여야만 합니다. 우리는 새로운 속임수가 필요합니다.

…

인간을 하나로 묶기 위해서는 각 개개인을 따로 떼어 놓아야만 합니다. 여러분은 무료식당을 이용하게 될 겁니다!

…

폭정이 되살아나더라도 그 이름은 질서와 자유라고 부를 겁니다! 만인의 불행이 인류의 행복입니다.

…

우리의 이성은 분노 위에 세워질 것이며 … 객관성이란 초과학적 시대에는 주관성이 됩니다.

…

나와 내 거위들은 공공의 재산을 분배해 줄 거예요. 공평
하게 분배할 겁니다.

(3막)

정치적·사회적 악이 문제로 대두된다. 주인공 베랑제는 이
유 없는 살인의 잔혹함 앞에서 그 원인을 찾아보려고 한다.
그것이 인생관의 문제인지, 정치적인 문제인지, 사회적인 문
제인지, 성적인 문제인지, 실존적인 문제인지 그 원인을 찾아
악을 벗어나 보려고 하지만 살인자는 몇 장에 걸친 베랑제의
긴 독백 동안 어깨를 으쓱거리거나 냉소를 보낼 뿐 아무 대답
도 하지 않는다. 살인의 원인은 끝내 밝혀지지 않는다. 이오
네스코는 출구 없는 인간의 상황을 제시한다. 이유 없는 잔혹
성의 승리이고, 실존적 조건의 부조리한 종결이다.

장 우리는 아무 짓도 하지 않았어. 악은 이유가 없어.

— 「살인 놀이」

개인은 악과 죽음 앞에서 벗어날 수가 없다. 그것이 전체주

의에 기인한 악이든, 실존의 피할 수 없는 악이든 베랑제는 삶
의 고통에서 해결을 찾지 못한다. 이 작품은 실망스러운 현
실 앞에서 반항해 보지만 은총의 상태를 점진적으로 상실하
고 스스로를 살인자에게 내주고 마는 낙원에서 추방된 인간
의 운명을 그리고 있다. 이 "빛나면서 위협적인 도시의 의미
가 무엇인지요?"라고 묻는 클로드 본푸아에게 이오네스코는
다음과 같이 대답한다.

네, 그것은 추락이에요. 원죄입니다. … 그것은 또한 세계 속으
로 침투한 악입니다. … 아주 행복한 도시에 파괴적인 정신이
들어온 겁니다.

— 『삶과 꿈 사이에서』

3
전체주의, 획일화, 반항 – 「코뿔소」

이오네스코는 1957년 중편으로 발표했던 이 작품을 무대를

위해 각색했다. 이 작품은 1959년 11월 뒤셀도르프의 샤우스
필하우스에서 칼 하인츠 슈트룩스K. H. Stroux의 연출로 초연되
고 프랑스에서는 장-루이 바로에 의해 오데옹 극장 무대에서
공연된다. 이 작품은 이후 전 세계 곳곳에서 상연되면서 이오
네스코에게 세계적 명성을 가져다준다.

시골의 작은 마을, 사람들이 오가고 두 친구인 장과 베랑제
가 카페에서 만난다. 면도도 안 하고 머리도 빗지 않은 부스스
한 모습으로 나타난 베랑제에게 장은 권위적이고 공격적인 태
도로 약속에 늦었다고 면박을 준다. 그들의 대화는 코뿔소의
울음소리에 의해 중단된다. 카페주인, 식료품 가게주인과 부
인, 노인과 논리학자 등 마을 사람들은 코뿔소의 출현에 대해
저마다 다양한 반응을 보인다. 장이 가장 민감한 반응을 보이
며 코뿔소가 마을 광장에 나타난 것에 놀라움을 표현한다. 또
한 번 코뿔소 소리가 들린다. 그렇지만 사람들은 코뿔소 뿔이
나 국적에 관한 논란을 벌이다가 각자의 일터로 돌아간다.

베랑제가 근무하는 사무실 동료 뵈프Bœuf가 코뿔소가 되면
서 사람들이 코뿔소로 변한다는 사실이 밝혀진다. 베랑제가
인간이 코뿔소로 변하는 모습을 눈앞에서 직접 보게 되는 것

은 장의 변신을 통해서이다. 전날의 말다툼을 사과하기 위해 장의 집으로 찾아간 베랑제는 장이 목소리가 변하고, 얼굴색이 초록빛으로 변하며 코뿔소가 되는 것을 직접 목격하게 된다. 그와 더불어 도처에서 코뿔소들이 출현해서 떼를 지어 길을 내려간다. 점진적으로 불어나는 코뿔소 소리가 계속 들리고 사태의 심각성을 감지하기 시작한 베랑제는 자신의 이마에도 뿔이 생기지 않았는지 불안해 하며 확인해 본다. 사람들이 빠른 속도로 코뿔소가 되어 간다. 마지막까지 베랑제와 함께 남아 있던 데이지조차 베랑제의 만류를 뿌리치고 코뿔소 무리를 따라간다. 코뿔소가 다수가 되어 버린 세상에서 그들의 울음소리가 요정들의 노래처럼 들리고 그들이 신처럼 아름답게 보였기 때문이다. 혼자 남은 베랑제는 코뿔소들이 우월하고 자신은 비정상이 아닐까 생각한다. 그의 눈에 코뿔소들이 아름답게 보이면서 그들처럼 단단한 피부와 뿔을 가지고 그들과 같은 울음소리를 내고 싶다고 느낀다. 베랑제는 모두가 코뿔소가 된 세상에서 자신이 추하다고 느끼며 외로워한다. 그렇지만 그는 자신과의 싸움 끝에 분연히 일어나 "모두에 대항해서 싸울 거야 … 마지막 인간으로 남을 테야 … 타협하지 않을 거야!" 라고 소리치며 모두에 대항해 혼자 싸우겠다고 결심한다.

이 작품의 큰 주제는 변신이다. 베랑제 주변의 모든 인물이 코뿔소가 된다. 어떤 악의 신호도 볼 수 없는 조용한 마을에 갑자기 코뿔소 소리가 들린다. 한 마리, 두 마리 …. 사람들이 하나둘 코뿔소로 변해 가면서 코뿔소 현상은 전염병처럼 급속히 퍼진다. 마을의 '모두가 짐승이 될 수 있다'(『삶과 꿈 사이에서』). 여기에서의 변신은 긍정적인 변신이 아니다. 인간성에서 동물성으로 가는 것이고, 문명의 상태에서 자연의 상태, 원초적 공격성의 상태로 가는 것이다. 이오네스코는 동물 상징을 통해 이데올로기적 남용, 집단적 범죄와 역사를 피투성이로 만드는 폭정, 나치와 스탈린주의와 모든 맹신에 의해 저질러진 범죄를 고발한다.

나는 이미 오래 전에 광신주의에 대한 경험을 했다. 끔찍했다. … 광신주의가 사람들을 변형시키고 … 인간성을 말살한다. 더 이상 인간적이지 못한, 이 소통이 불가능한 존재들에 대해 나는 관여해야 한다는 구체적인 느낌이 들었다. … 동물의 특징으로,

동물성으로 추락한 이 인간들을 묘사해야겠다고 생각했다.

—『문학 피가로*Le Figaro littéraire*』, 1960년 1월 23일

이오네스코는 맹신, 광신의 상징으로 동물성을 표현할 수 있는 동물을 사전에서 찾았다.

황소? 아니다. 너무 노블하다. 하마? 아니다. 너무 물렁물렁하다. 물소? 아니다. 물소는 미국적이라 정치적 암시가 없다 … 코뿔소! 마침내 내 꿈이 실현되고, 구체화되고, 현실이 되는 것을 보았다. 코뿔소!

—『문학 피가로』

품위 없고 저돌적이고 정치적 함의를 부여할 수 있는 동물로서 코뿔소가 적격이었다는 것은 이 동물로의 변신이 인간성의 추락과 관련 있음을 의미한다. 장은 인류의 법칙을 거부하며 코뿔소가 된다.

장 우정은 존재하지 않아 … 그래 난 인간 혐오자야, 인간 혐오

174

자 … 도덕성을 초월해야 해 … 자연은 그 고유한 법칙이 있잖아. 도덕성은 반자연적이야 … 원시적인 순수함으로 되돌아가야만 해.

(2막 2장)

옹졸하고 포용성이 없으며 성질이 급한 그는 자신이 다른 다수의 사람들보다 위에 있다고 여긴다. 장은 모든 반대를 짓밟는 전체주의적 사고를 지니고 있다. '문명의 시대'를 부수려 하고 '도덕성이 반 자연적이기' 때문에 도덕성을 버리려고 한다. 광신적인 그는 자연으로, '원시적인 순수함'으로 돌아가기를 권고하며 동물이 된다.

보타르는 공격적이며 열등감에 사로잡혀 있는 인물이다. 역사적 사건의 교훈적 가치를 믿는 대학인들을 실용적인 것에서 동떨어진 추상적 정신을 가졌다고 비판하고, '국민의 아편'인 종교를 배척하고, 속임수와 가면을 벗겨야 할 배신자들이 곳곳에 있다는 강박 관념을 가지고 산다. 정치에 열광하는 보타르는 스탈린주의자가 되기 쉬운 편협한 공산주의자 타입이다. 그는 코뿔소가 대세가 된 시대이기 때문에 '시대를 따르기 위해' 코뿔소가 된다.

장과 보타르보다 덜 만화적인 인물인 뒤다르는 지성적이고, 극단적이지 않고, 회의적인 측면을 가지고 있다. 그는 '사물을 거리를 두고 지혜롭고 가볍게 대하기' 위해서는 유머를 가져야 한다고 생각한다. '어디가 악이고 어디가 선인지를 알기' 위해서는 '늘 이해하려고 노력'해야 한다고 하면서 코뿔소가 다수가 될 때 그는 자신의 원칙을 버린다. 지성인의 한 전형인 그는 사물을 정확하게 판단하기 위해서는 "밖에서보다는 안에서 비판하는 게 낫다"고 하면서 자기는 코뿔소가 되더라도 "완전히 코뿔소 편이라고 믿지 말라"고 하며 코뿔소가 된다. 이렇게 지성인마저 모방적 전염에 감염된다.

데이지는 "그들이 노래하고 … 놀고 … 춤을 추고 … 아름다워요 … 그들에 대해 나쁘게 말하지 않았으면 좋겠어요 … 그들이 신들이에요"라고 다수가 된 코뿔소에게서 아름다움을 발견하고 그들을 따라 코뿔소가 된다. 다수가 코뿔소가 되기로 선택하는 과정은 어처구니없고 비합리적이다. 다수의 허구 속에 몸을 숨기는 행위일 뿐이다.

코뿔소로의 변신이 위험한 것은 그 변신이 사람들에게 모방적 전염을 불러일으키기 때문이다. 카프카의 『변신』에서 주인공 그레고르 잠자가 '장갑차처럼 딱딱한 등', '불룩한 갈색 배', '억누를 길 없는 고통스러운 찍찍 소리'가 섞인 목소리를 지닌 커다란 벌레로 변하자 그의 어머니는 그 괴상망측한 모습에 놀라 소리를 지르고 특별한 애정으로 감싸 주었던 누이도 그를 버린다.

그레고르 잠자는 혐오감을 불러일으키는 존재로 세상으로부터 단절되어 지내는 데 비해, 코뿔소는 사람들의 선망이 된다. 처음에는 뵈프 부인도 빙빙 도는 동물을 관찰하며 비명을 지르고, 장도 코뿔소로 변하며 피부가 초록빛이 되고 딱딱해지며 쉰 목소리를 냄으로써 그 그로테스크함이 언급되지만 인물들은 금방 코뿔소의 매력에 현혹된다. 사람들은 기하급수적으로 빠르게 코뿔소가 되어 간다. 일종의 모방적 전염이다.

1막에서 두 마리 코뿔소가 무대 뒤로 지나갈 때는 큰 관심거리가 되지 못한다. 사람들은 그저 코뿔소의 뿔의 수, 산지 등을 논하는 데 비해, 2막에서 뵈프의 변신과 더불어 코뿔소 현상이 기정사실화되면서 변신은 무대 뒤가 아니라 무대에서 직접 이루어진다. 3막에서는 코뿔소들의 기하학적인 증식으로 말미암아 일상이 환상적인 느낌을 준다. 장이 변신하고, 거리 여기저기에서는 코뿔소의 실루엣과 울음소리가 나온다. 파피용, 보타르, 논리학자의 뒤를 이어 익명의 인물들의 변신이 이어지며 코뿔소 현상은 전염처럼 퍼져 나간다. 인물들은 코뿔소에 매혹되어 가고 급기야 코뿔소의 우는 소리가 '음악처럼' 되고 짐승을 만나러 가는 데이지는 감동해서 "그들은 아름다워요. … 그들이 신이에요"라고 말할 정도다. 이렇게 사람들은 행복하게 악에 전염된다. 여기에 코뿔소의 위험이 있다.

「코뿔소」는 1930년대 루마니아, 독일, 이탈리아, 스페인이 파시즘을 향해 눈길을 돌렸을 때 이오네스코가 부딪치게 된 정치적·사회적 소용돌이, 특히 이데올로기적 전염이 발단이 되었다. 이오네스코는 『과거의 현재 현재의 과거』에서 파시스트나 철위대를 지지하는 옛 친구들과 늘 권력의 옆에 서 있었던 아버지 때문에 얼마나 위협과 고립감을 느꼈는지를 여러 페이지에 걸쳐 설명한다.

외로이, 혼자서, 돌처럼 단단하고 뱀보다 더 위험하고 호랑이보다 더 냉혹한 사람들에 둘러싸여 있다. 어떻게 호랑이, 코브라와 의사소통을 할 수 있으며, 어떻게 늑대와 코뿔소에게 당신의 마음을 이해하도록, 당신의 마음을 상하지 않도록 설득할까? 어떤 언어로 말해야 할까? 어떻게 그들에게 내가 지닌 내면 세계와 가치들을 수용하게 할까? 사실상 이 짐승 같은 섬의 마지막 인간인 나는 비정상이고 짐승일 뿐 아무 의미가 없다.

— 『과거의 현재 현재의 과거』

이데올로기는 사람들 사이의 우정, 이해, 사랑을 불가능하게 만들었으며 고독과 두려움의 근원이 된다. 작가 드니 드 루즈몽Denis de Rougemont의 경험도 바탕이 된 것으로 보인다. 이오네스코가 높이 평가한 이 작가는 1936년 뉘른베르크에서 나치행사에 참여했을 때 군중들이 히틀러가 도착하는 것을 기다리며 멀리서 열광적으로 박수치는 것을 보았다고 한다. 그런데 그 히스테리가 히틀러와 함께 조수처럼 밀려와 작가 옆에 서 있던 사람들에게 전염되면서 그들도 따라서 열렬히 박수치는 것을 보고 자신도 모르게 똑같은 흥분과 광기를 느꼈다고 한다. 그러한 마력에 휩싸일 뻔했으나 자신의 깊숙한 곳으로부터 무언가가 치밀어 올라와 그 집단적 광기에 저항했는데 그때, 끔찍한 외로움을 느꼈다고 한다. 그 이야기를 들은 이오네스코는 "그게 아마 「코뿔소」의 출발점"(『노트와 반노트』)이 되었을 거라고 밝히고 있다.

이 집단적 '광기'와 '히스테리' 때문에 끔찍한 외로움을 느낀 인물은 베랑제를 통해 재현된다. 작품이 시작될 때 그는 확고하게 자신의 생각을 밝히기보다는 "그렇게 느껴", "그런 것 같아"라고 표현하며 늘 피곤하고, 술을 많이 마시며 삶에 무관심한 인물로 나타난다. 그는 자신의 동료, 친구, 사랑하는 연인까지 코뿔소로 변하는 모습을 지켜보며 점점 확고한 생각을 품게 되면서 집단적 히스테리, 그 '코뿔소화化'의 유혹을 벗어난다. 그는 그냥 자기 자신으로 남고자 하는, 그래서 '시대를 쫓기를' 거부하는 자유인이다. 그는 자신의 정신적 독립성을 간직하고, 있는 그대로의 자신의 고유한 특성을 지키고자 한다. 그 점이 바로 그로 하여금 전체주의와 그 획일성에 본능적으로 거부 반응을 일으키게 만드는 점이다. 그는 성립된 질서를 옹호하지 않을 뿐 아니라 그렇다고 어떠한 다른 반反이데올로기도 제시하지 않는다. 그는 규범 밖에서 자기 자신으로 머무는 사람이다. 획일화의 요구가 '차이를 죄로 만드는'

180

코뿔소화된 사회에서 베랑제는 어떻게 될까?

3막에서 코뿔소화는 '전염병'이라는 이름을 가진다. 코뿔소는 이름과 정체성을 잃어버린 존재들로 무리 지어 다닌다. 전체주의의 움직임과 이데올로기가 인간성을 변화시킨다. 다양성을 파괴하고 획일성을 만든다. 베랑제는 전염을 두려워하며 자신이 감염되지 않았는지를 자문한다. 코뿔소에 포위되어 한순간 스스로를 약하고 추한 '짐승'으로 여기기도 하지만 "나는 당신들을 따라가지 않을 거야, 당신들을 이해할 수가 없어"라는 두 개의 문장이 그의 태도를 요약해 준다. "난 타협하지 않을 거야"가 그를 '마지막 인간'으로 만든다. 그의 반항은 코뿔소들 가운데, 그 집단적 히스테리 가운데서, 사랑하는 여인이 자신을 버려도, 설득할 사람이 아무도 남지 않아도 불복종하는 혼자서의 반항이다.

이오네스코는 늘 고독에 처한 인간을 그린다. 베랑제는 반대자와 직면하기 전에 이미 순응주의에 대한 거부를 드러낸다. 면도도 안 하고 머리도 안 빗고 집단의 삶에서 유리되어 개인으로 머물며 비인간화에 반대하는 이 외로운 주인공은 작가를 닮아 있다. '정의할 수 없는 괴로움'에 사로잡혀 '실존의 불편함'을 느끼고 술, 행복감에의 도취, 우정과 사랑에 대한 향수, 개인주의 등 작가와 비슷하다. 「무보수 살인자」의 베랑제는 사회에서의 악의 침범에 대해 의문하고, 질문을 던지며, 살인자를 변화시키기 위해 홀로 투쟁하는데 코뿔소의 베랑제도 마지막 장에서 모두가 코뿔소가 되어 떠난 자리에 외롭게 서서 타협하지 않고 자신의 품위와 용기를 지키며 인간으로 남는다. 그는 계산적이거나 이성적인 인물이 아니고 본능적이고 감정적인 인물이다. 자기가 왜 코뿔소 현상에 저항하는지 잘 알지 못한 채 군대 행진과 군중의 움직임에 알레르기적인 자신의 본성을 따르며 결국 마지막 인간으로 남는다. 그 저항이 참되고 깊으며 처절한 고독은 자유를 위해 지불해야 하는 대가이다.

「코뿔소」 초연 때 프랑스와 독일 비평가들은 나치즘을 거론했다. 이오네스코도 "이 작품의 목적은 한 국가가 나치화化되는 과정을 묘사하는 것이었다"(『예술』, 1961년 1월)고 밝혔다. 장-루이 바로는 이 작품을 연출하며 코뿔소들의 행렬을 제2차 세계대전 당시 독일군의 퍼레이드와 행진곡으로 박자를 맞추기도 했다. 무관심하게 공범이 된 유럽에서의 나치 확산은 보타르의 모순된 반응, 데이지의 감탄, 뒤다르의 호기심, 베랑제의 공포를 통해서 표현된다. 그러나 코뿔소 현상의 바이러스는 만자의 십자가 형태(나치)만이 아니다. 그것은 집단적 히스테리가 야기하는 이데올로기들에 대한 비판이기도 하고, 모든 국민들을 희생자로 삼는 전체주의와 광신주의의 표현이기도 하고, 개인과 운명, 우정과 사랑의 의미가 존중되는 세계와 휴머니즘의 옹호이기도 하다. 또한 작품은 전체주의와 개인주의의 갈등을 넘어서 세계를 느끼는 방식을 표현하고 있는데 그러한 의미에서 실존적이다. 인간이 처한 부조리한 현실에 대한 거부 뒤에는 본능적이며 직관적인 개인적 독립성에의 본능이 존재한다. 깊은 곳에 자기만의 유일한 영혼을 가진 개인주의자들 …. 작품의 의미는 열려 있다.

4
쇠퇴와 죽음에 관한 사색 – 「왕이 죽어 가다」

죽음은 이오네스코 작품에서 끊임없이 반복되어 나타나는

주제이다.

> 나는 늘 죽음에 사로잡혀 있었다. 네 살 이후로, 내가 죽을 거라
> 는 것을 알게 된 이후로 괴로움이 떠나질 않았다. 죽음에서 벗
> 어날 수 없다는 것, 삶에서 더 이상 할 수 있는 것이 없다는 것을
> 갑자기 이해한 것 같았다. … 나는 죽음에 대한 두려움과 죽음
> 의 굴욕을 소리치기 위해 글을 쓴다.
>
> — 「노트와 반노트」

죽음은 "실존의 수용할 수 없는 조건"(「단편일기」)으로서 이오
네스코의 작품과 삶에 무겁게 자리한다.

첫 작품 「작은 존재들을 위한 애가」(1931)에 이미 죽음의 발
라드가 하나 수록되어 있고, 1938년 박사학위 논문 주제를
「보들레르 이후 프랑스 시에서의 죄와 죽음」으로 선택한 것
도 우연이 아닌 것으로 보인다. 10년 동안 특별한 작품을 출
판하지 않던 이오네스코는 「수업」에서의 교수의 가학적 살
인, 「의자」에서의 두 노인의 자살 등 죽음의 주제를 다시 드러
내기 시작한 후 「무보수 살인자」, 「왕이 죽어 가다」, 「살인 놀

이」, 마지막 희곡 「무덤으로의 여행」에 이르기까지 죽음의 문제를 환기시킨다. 그중 1962년 12월 15일 알리앙스 프랑세즈 극장에서 초연된 「왕이 죽어 가다」는 그 어떤 작품보다 온전히 죽음이라는 주제에 바쳐진 작품이다.

왕국의 모든 것이 황폐화되어 간다. 땅이 황무지가 되고 산이 함몰되며 태양은 늦게 뜨고 봄의 뒤를 이어 11월이 온다. 영토와 인구가 줄어들고 노인들만 남아 있다. 난방이 작동되지 않아 춥고, 소는 우유를 생산하지 않는다. 왕국이 온통 먼지와 거미줄로 뒤덮여 있고 벽에는 균열이 생기기 시작한다. 이 모두가 왕 베랑제 1세가 운명을 다해가고 있다는 상징적 기호들이다.

의사가 왕의 회복이 불가능하다는 것을 알린다. 베랑제 1세도 의사의 진찰을 받고 자신의 왕국과 자신의 몸에 장애가 생겼고 곧 죽을 거라는 것을 알게 된다. 그렇지만 그는 그 사실과 소멸의 모든 징후들을 모른 척하며 "난 내가 원할 때 죽을 거야. 난 왕이야. 내가 결정할 거야"라고 말한다. 그렇지만 점점 힘을 잃어 가는 왕은 비틀거리고 왕관을 떨어뜨리며 왕홀을 놓치기도 한다. 온 궁정이 왕권의 추락과 왕의 육체적 힘의 쇠퇴를 들어 왕이 죽어 가고 있다는 것을 왕에게 설득하는 가운데 두 번째 왕비 마리만이 왕이 아직 힘이 남아 있다는 것을 믿게 하려고 노력한다. 왕도 자신의 도덕적·육체적 쇠퇴를 수용하지 못한 채 계속 자연과 사물과 자신의 주변 사람들에게 명령을 내리려고 한다. 그것이 헛된 일임을 첫 번째 왕비 마르그리트가 단호하게 알려 준다. 그녀는 카운트다운을 시작하며 "폐하는 1시간 24분 41초 후에 죽을 거예요"라고 말한다. 근위병은 '의식儀式의 시작'을 알린다.

이 '의식'은 죽음을 선고받은 자가 의무적으로 왕위 정통 계승권과 불가피성을 인정하는 중요한 사형집행 의식이다. 왕은 시간에 순종하기를 거부하며 국민들에게, 특히 의사에게 도움을 요청한다. 그렇지만 결국 왕은 수용할 수 없는 현실을 수용하기 시작하며 자신이 더 이상 국가도 법도 아니라는 것을 발견한다. 잠깐 '아기'로 돌아가는 꿈으로 도피해 보기도 하고 행복했던 옛 추억을 돌이켜보기도 하지만 그것도 잠깐일 뿐, 왕은 점점 태양 없는 다른 세계의 밤으로 들어간다.

마침내 죽음이 시작되고 왕이 살 시간이 32분 30초가 남는다. 베랑제 왕은 숨을 헐떡인다. 삶과 그 아름다운 고통에 대해서, 삶과 그 멋진 추함에 대하여, 삶과 그 휴식의 피곤에 대하여 이야기하며 종말의 고통을 완화해 보고자 애쓴다. 마지막 고통의 땀방울이 맺힌다.

마침내 의사가 모든 자율신경이 멈췄다고 진단한다. 단지 그 '제멋대로 뛰는 박동'에도 불구하고 심장만이 살아 있다. 왕은 더 이상 아무도 알아보지 못하고, 더 이상 보지도 듣지도 느끼지도 못한다. 궁전이 사라진다. 마리 왕비, 근위병, 줄리에트, 의사도 하나하나 사라진다. 베랑제 왕만이 '모든 것을 하는 왕비' 마르그리트와 함께 남는다. 왕에게 살 시간이 15분 남는다.

이 15분은 승낙의 시간이다. 마르그리트 왕비는 왕의 옷을 벗기고 수의를 입힌 다음 그를 시간과 공간에서 벗어난 유일한 옥좌인 죽음에 자리 잡도록 이끈다. 운명을 거두는 파르카 여신(아트로포스)처럼 자신의 임무를 끝낸 마르그리트 왕비는 사라진다. 무대에서 문, 창문, 벽이 천천히 사라지고 회색빛 가운데 왕과 왕좌만 남는다. 이번에는 그마저도 희미한 안개 속에 잠긴다.

왕이 죽어 간다. 죽음이 느끼고 만질 수 있을 정도로 생생하게 묘사된다. 낡고 파손된 왕국의 풍경이 죽음을 알리는 생생한 징후가 된다. 자연은 순환의 질서를 잃었다. 태양은 늦게 뜨고, 겨울 뒤에 봄이 오는 것이 아니라 봄 뒤에 11월이 온다. 나무는 죽고, 소는 새로운 생명의 근원이 될 우유를 생산하지 못한다. 순환과 갱생의 역사가 파탄 난 이곳은 푸른 식물이 자라지 않고 늘 추운 겨울이다. 왕은 자신의 위엄성을 잃고 흐느끼고, 신음하고, 도와달라고 애원한다. 급기야 왕의 심장 박동이 왕국을 뒤흔들고 무서운 도마뱀이 커지고 사람들과 문, 창문, 벽들이 하나하나 사라진다. 「왕이 죽어 가다」의 세계는 캐럴Lewis Carrol의 『이상한 나라의 앨리스』처럼 경이롭다. 낯선 왕국의 그로테스크한 풍경이 절대적 권력을 지녔던 왕의 고통스러운 죽음을 동반한다. 모든 물건은 죽어 가는 왕과 함께 그 가치가 하락한다. 옥좌가 장애자의 소파로 대체되고, 왕관이 땅에 굴러떨어지고, 왕홀은 왕의 지팡이로 사용된다. 이러한 주변 환경은 왕의 죽음을 알리는 징후들이며 그의 죽음을 동반하는 풍경들이다.

「왕이 죽어 가다」라는 제목이 말해 주듯이 작품의 축이며 중심인물은 왕이다. 다른 등장인물들은 절대적 권력을 지닌 왕이 고통스럽게 거부하기도 하고 일시적으로 체념하기도 하면서 죽음을 수용해 가는 단계들을 동반하는 오브제들 같다. 그들은 모두 왕에 따라 기능한다. 왕의 정실부인인 마르그리트 왕비는 지혜와 이성과 법칙의 인물로서 왕에게 의무를 부과하고 운명의 여신 파르카처럼 왕의 죽음을 행하는 데 비해 마리 왕비는 왕에게 사랑, 삶의 매혹, 기쁨을 준다. 두 왕비는 현재와 과거, 이성과 정열, 사회적 요구와 무조건적인 사랑의 대조를 보여 주면서 죽음에 처한 인류의 상징인 베랑제 왕을 분열시키는 내면의 갈등을 이중적으로 체현한다.

궁정의 의전을 동반하고 비정상적이고 기이한 왕국의 불안한 상태를 알려 주는 근위병, 솔직하고 무례한 지적을 하지만 왕이 작별을 고해야 하는 기쁨의 순간을 환기시켜 주며 죽음을 수용하도록 하는 지혜롭고 충직한 하녀이자 간호사인 줄리에트, 박테리아 연구가로서 왕의 병을 살피고 알리고 설명하며 불가피한 죽음을 수용하도록 희생 제의를 집행하는 형리이기도 한 의사, 이 모든 인물들은 개인적인 운명이 없다. 왕에 따라 기능할 뿐이다. 그들은 삶의 덧없음을 나타내는 상징적 오브제들일 뿐이며, 그래서 왕이 죽기 전 모두 사라지게 된다. 모든 무대 장치와 모든 인물이 왕의 죽음과 연관되어 기능한다. 「왕이 죽어 가다」의 무대는 실존적 고통에 사로잡힌 인간의 정신 상태를 투영하는 공간이다.

이오네스코는 「왕이 죽어 가다」의 정신적 출처에 관해 다음과 같이 밝힌다.

나는 죽는 것을 배우기 위해 이 작품을 썼다. 그것은 하나의 교훈이 되어야 했다. 한 걸음 한 걸음 나아가서 피할 수 없는 끝에 도달할 수 있도록 하는 일종의 정신적인 연습처럼 ….

— 「단편일기」

이 작품은 죽음에 이르는 과정을 그 두려움, 고통, 공포를 통해서 보여 주고 있다. 여기서 왕은 죽어 가는 영웅이 아니다. 왕국의 역사를 이끌며 이룩한 업적은 위대할지 모르나 그의 내면의 왕국은 초라하고 보잘것없다. "자신이 원할 때 죽겠다"고 말하는 그는 오로지 자기 자신에만 갇혀서 자신이 곧 세상이라는 나르시스적인 허영심만 있는 정신세계를 가졌고, 형이상학적 고뇌가 없는 인물이다. 그는 죽음을 맞이할 준비가 전혀 되지 않았다.

> **왕** 난 숙제 안 하고 시험을 보는 학생 같아. … 공연 첫날 밤 자
> 기 역할이 뭔지 모르는 배우 같기도 하고 …. 누구에게 무
> 슨 말을 해야 하는지를 전혀 알지 못한 채 사람들이 법정으
> 로 밀어 넣은 대변자 같기도 해.

그는 신음하고 울부짖고 자존심도 없이 다른 사람들에게 살
려달라고 애걸복걸한다. 왕의 위엄성을 찾아볼 수가 없다. 불
치의 병에 걸려 삶의 비참함과 싸우는 그는 죽음 앞에서 두려
움과 공포에 떠는 보잘것없는 인류의 표상이다. 그는 죽음의
'의식'과 더불어 자기 자신에 대해 알게 되고 내적으로 조금씩
변화를 겪어 가며 죽음을 수용하게 된다. 그 과정의 조력자가
마르그리트 왕비다. 그녀는 고대 제사장처럼, 아케론 강을 통
과하여 죽은 자들의 영혼을 지옥에 전달해 주는 뱃사공 카론
처럼, 운명의 여신들 중 하나처럼 엄격하게 제의적 질서를 지
킨다. 성립된 자연의 질서를 가차 없이, 타협 없이 실행하는
그녀는 왕으로 하여금 삶을 쫓아내고 죽음을 '수용'하도록 힘

을 주는 역할을 한다. 그녀는 이성理性이고, 의식이다. 왕은 그녀로부터 삶을 떠나는 방법을 배우고 그녀는 왕을 죽음으로 안내한다. 그녀와는 반대로 왕에 대한 사랑을 끊임없이 환기시키며 가차 없이 다가오는 죽음을 막아 보려고 애쓰는 마리 왕비는 왕의 삶에 대한 갈망을 상징한다.

「왕이 죽어 가다」는 죽음의 과정을 그리며 삶을 찬양하고 있다. 베랑제 왕에게 죽음에 대한 생각은 견딜 수 없는 일이다. 죽는다는 사실은 그에게 삶을 되돌아보게 하는 계기가 된다. 계단을 내려가는 일, 고기를 맛보는 일, 피곤 뒤의 휴식, 조용한 숨쉬기 같은 단순한 일에 그는 '기쁨'이라는 단어를 붙인다. 거기서 지나간 날들이 미화되고 세계에 대한 결정結晶 작용이 일어난다. 피곤이 기쁨이 되고, 추위가 즐거움이 되고, 못생긴 것이 아름다운 것이 되고, 매일매일의 요리가 풍성한 식도락의 향연이 된다. 삶이 끝나려는 순간, 삶은 신화처럼 풍부해진다. 이오네스코는 자신이 죽음에 대한 끌림과 혐오, 두 상반된 감정을 느꼈음을 자주 고백한다.

나는 살고 싶은 동시에 죽고 싶다. 오히려 난 내 속에 삶을 향하

는 것과 죽음을 향하는 것, 즉 에로스와 타나토스*를 동시에 가
지고 있다.

—『삶과 꿈 사이에서』

죽음, 즉 인간의 운명에 대한 명확한 의식을 가진 마르그리
트 왕비와 삶의 갈망을 보여 주는 마리 왕비, 이 두 여인의 대
립은 죽음에 대한 인식과 삶에 대한 사랑이라는 인간 조건의
이중적 양상을 상징하게 된다.

인물뿐 아니라 육체적으로 쇠약해 가는 군주를 둘러싼 물질
세계도 그와 더불어 해체되어 간다. 하늘에서는 토성과 화성
이 충돌해서 파열되고, 땅이 갈라지고, 전쟁에 패하고 영토가
사막으로 변하면서 궁전이 폐허가 되고 왕권이 점진적으로
힘을 잃어 간다. 왕의 심장이 격렬하게 고동치자 무너져 내리
는 벽의 일부도 왕의 상태를 시각화한 표현이다. 왕이 죽기
전 갑작스럽게 사라지는 마리 왕비, 근위병, 줄리에트, 의사도

---

* '타나토스'는 그리스어로 '죽음'을 뜻하며 그리스 신화에 자주 언급되는 죽음을 의인화한 신의
라틴어 이름(Thanatus)이다. 프로이트는 인간이 가지고 있는 삶을 향한 충동을 에로스라 했
고 죽음의 충동을 타나토스라고 했다.

삶의 덧없음을 나타내는 상징적 오브제들이다. 이렇게 「왕이 죽어 가다」는 세계의 모든 질서가 인간적 드라마와 그의 모든 고통에 연관되어 있다는 것을 보여 준다. 이오네스코는 이 점을 "한 인간이 죽을 때마다 세계 전체가 무너져 내려서 그와 함께 사라지는 느낌을 받는다"라고 표현하고 있다.

「왕이 죽어 가다」는 인간 조건에 대한 명상을 제시한다. 죽음의 강박 관념이 작품의 소재지만 죽음만큼이나 중요한 또 하나의 주제가 늙음이다. 모든 정신성이 박탈된 베랑제 왕으로 하여금 세상을 포기하도록 도와주는 것이 아무것도 없다. 왕은 모든 것을 망각했고, 미로 속에서 출구를 찾지 못한 채 돌고 있다. 그는 마르그리트 왕비의 도움을 받아 '올라가야' 했다. 그때 비로소 '문과 창문과 옥좌 방의 벽들이 점진적으로 사라지는 것'을 보게 된다. 비로소 자유로워진 그는 '일종의 안개 속으로' 퇴장할 수 있게 된다. 베랑제 왕은 육체가 쇠퇴하고 기억을 상실하고 감각을 잃어 가며 모든 단계의 쇠퇴와 심리 변화를 거치고 죽음을 맞이한다.

처음에 왕은 타인의 도움을 거부하며 자신의 불편함을 밝히지 않지만 다른 사람들의 압력에 의해 인식이 이루어지고 왕은 자신이 죽을 거라는 것을 수용한다. "여러분, 나는 죽을 거예요. 여러분들의 왕이 죽을 거예요." 반항이 이어진다. 왕은 국민들이 자기를 도와주길 바라고 기적을 기다린다. 흐느끼고 신음하면서 그는 말도 안 되는 희망에 집착한다. 그는 "그럴 수는 없어 … 열에 한 번의 행운, 천에 한 번의 행운이 있을 수도"라고 말하며 현실을 마주하기를 거부한다. 그렇지만 반항은 아무 소용이 없다. 마지막 장면에서 무대에는 회색빛 속 왕좌에 앉아 있는 왕 이외에는 아무도 없다. 다른 인물들은 무대를 떠났고, 창문과 문, 벽과 왕좌 방이 점진적으로 사라진다. 죽어 가는 자에게는 자신의 끝을 수용하고 미지의 세계로 다가가는 것만 남는다. 그리고 왕이 사라진다.

늘 죽음은 다시 시작된다. 죽음은 의미 있는 삶을 **빼앗아** 가고 실존을 부조리하게 만든다.

마르그리트 당신은 한 시간 반 뒤, 공연이 끝날 때 죽을 거예요.
왕 그게 무슨 말이요? 말도 안 돼.

마르그리트 왕비는 작품이 시작될 때 죽음과 공연 프로그램을 통보한다. 그 이후는 그로테스크하고 어리석은 왕이 인간의 공통된 운명인 죽음을 수용해 가는 긴 정신적 준비 과정이다. 그의 죽음은 비극에서처럼 품격 있거나 장엄하지도 않다. 그것은 모든 인간의 죽음, 그 초라하고 정상적이고 두려운 죽음이다. 왕은 모든 것을 박탈당한다. 사랑했던 두 번째 왕비가 아니라 늙고 버림받은 첫 번째 왕비가 그를 끝까지 동반한다.

> **마르그리트** 진정하세요! 이제 당신에겐 예비 신발이 필요 없어요. 이 소총도, 이 경기관총도, 이 연장 상자도, 이 검도 모두 ….

그리고는 긴 독백 끝에 마르그리트 왕비는 왕에게 부드럽게 말한다.

> **마르그리트** 내 오른팔을 놔 보세요. 내 왼팔도 … 그래요, 이제 말 안 해도 돼요. 심장도 더 이상 뛰지 않아도 되고, 애써 숨 쉬지 않아도 돼요. 쓸데없이 부산을 떨었던 거예요, 그렇죠?

왕도 그 주변의 인물들도 저승에 대해 의문하지 않는다. 마르그리트 왕비도 베랑제 왕을 죽음으로 인도하지만 왜 죽는지는 말하지 않는다. 어떻게 죽을지만 말한다. 죽음은 거기에 있고 죽어 가는 끝자락에서 운명과 신에게 자신을 맡기는 주인공의 정신적 여정이 문제다. 십자가의 길처럼, 감람 동산의 예수처럼 자신이 아무것에도 주인이 아님을 알아 가는 여정이 문제다.

|

5
절대의 추구 – 「갈증과 허기」

「갈증과 허기」는 1964년 완성되어 뒤셀도르프 샤우스필하우스에서 칼 하인츠의 연출로 초연되었고, 프랑스에서는 1966년 2월 28일 장-마리 스로가 처음으로 무대에 올린다.

이오네스코는 '갈증과 허기'가 의미하는 바가 무엇이냐고 묻는 시몬 벤무사에게 다음과 같이 대답한다.

난 내가 기독교 신자인지 아닌지, 종교인인지 아닌지, 신비적인지 아닌지 도통 모르겠어요. 기독교 교육 가운데 자라기는 했어요. '갈증과 허기'는 성서적 제목이죠. 우리 모두 허기져 있고 목말라 있어요. 여러 종류의 허기와 갈증을 가지고 있어요. 땅의 양식과 위스키와 빵뿐 아니라 사랑과 절대에 굶주려 있어요. 주인공인 장이 갈망하는 빵과 포도주와 살은 하나의 절대적 갈증과 허기를 채워 줄 수 있는 것의 대용품들일 뿐입니다.

— 시몬 벤무사, 『이오네스코』

이오네스코의 언급에서 보듯이 「갈증과 허기」는 성서적 제목 아래 주인공의 정신적 탐구를 4개의 에피소드로 그린 작품이다. 4개의 에피소드는 각각 「도피」, 「만남」, 「벽 밑에서」, 「여인숙의 마법 의식」 등 독립된 일화들로 구성되어 있다. 그중 세 번째 에피소드인 「벽 밑에서」는 1966년 프랑스에서의 초연 당시에는 공연되지 않은 부분으로 1967년 10월 1일 『N.R.F.』지에 출판되었다.

첫 에피소드 「도피」에서 장Jean과 마리-마들렌은 그들의 아기 마르트와 함께 예전에 자신들이 살던 집으로 돌아온다. 마리-마들렌은 옛 추억의 장소로 돌아와 조용한 행복의 삶을 누릴 수 있으리라고 믿지만 장은 채워지지 않는 갈증으로 다른 삶으로의 도피를 꿈꾼다. 가정의 사랑을 이야기하는 마리-마들렌의 호소에도 불구하고 장은 반항, 도피, 세상 끝으로의 질주, 죽음을 치료할 수 있는 나라들을 이야기하며 자신의 가슴에서 사랑의 꽃을 뽑아내고 떠난다.

「만남」은 허공 속에 걸려 있는 것 같은 테라스에서 이루어진다. 오랫동안 습기 찬 마을과 늪과 비를 지나온 장은 이전에 왔던 이 장소에 도착하자 행복감에 휩싸인다. 그곳에서 한 여인과 약속이 있다. 그녀의 이름도, 약속 장소도, 약속 시간도 알지 못하지만 그녀를 만나야 한다는 것만은 안다. 그녀가 그에게 삶의 기쁨과 잃어버린 시간을 찾아 줄 것이기 때문이다. 그렇지만 그녀는 오지 않는다. 실망하고 '갈증과 허기'로 괴로워하며 장은 다시 길을 떠난다. 지쳐서 벽 밑에 도착한 장은 다시 길을 떠나 네 번째 일화가 이루어질 여인숙 겸 수도원에 도착한다.

마지막 에피소드 「여인숙의 마법 의식」에서 딸 마르트가 15~16살이 되었지만 장은 여전히 갈증과 허기를 잠재우지 못한 채 15년의 방랑에 늙고 지쳐 있다. 수도사들은 빵과 포도 주로 장의 허기를 면하게 해 주고 두 광대를 데려와 잔혹한 코미디를 보여 준다. 다시 길을 떠나려는 장에게 수도사 타바라Tabaras는 인간은 서로에게 의무가 있으며 어느 누구나 사회적 임무에서 벗어날 수 없다고 하며 장에게 수도사들의 식사를 나르는 일을 시킨다. 그는 점점 빨리, 가속화되는 리듬으로 수프 그릇을 갖다 놓는다. 무대 안쪽이 밝아지며 철창 너머로 마리-마들렌과 마르트가 나타난다. 첫 번째 에피소드 끝에서 보던 정원이다. 정원은 빛으로 가득하고 하늘은 푸르며 나무에는 꽃이 활짝 피어 있고 사다리는 똑같은 자리에 걸려 있다. 마리-마들렌의 얼굴은 다시 젊어져 있다. 장은 절대로 만족을 모르는 사이비 수도사들의 포로가 되어 무한대의 시간 동안 음식 봉사를 해야 한다. "우리는 당신을 영원히 기다릴 거예요"라는 마리-마들렌의 말 뒤로 장은 점점 가속화되는 빠른 리듬으로 수프 그릇을 채운다.

이 작품은 주인공 장의 갈증과 허기, 즉 절대에 대한 추구를 환상적 사실주의를 통해 표현하고 있는 작품이다. 장은 「코뿔소」의 베랑제처럼 '실존을 견딜 수 없는', 실존의 아픔을 겪는 인물이다. 그는 늘 만족하지 못하고 '세상을 어둡게 보며' '다른 사람처럼 살 수 없는, 늘 무언가 결핍'을 느끼는 인물이다. 이런 장과는 달리 마리-마들렌은 '오래된 낡은 집', '가슴 뭉클한 추억'을 얘기하고 '낡은 사진들'을 내보이며 추억의 집으로 그를 이끌고 가정적인 사랑을 이야기한다. 그렇지만 그 과거의 집이 장에게는 '어릴 때 반은 물속에, 반은 진흙투성이의 땅에 매몰된 끔찍한 거주지, 목 졸려서 깨어나곤 했던 악몽'일 뿐이고 절대로 다시 살고 싶지 않은, 다행히 떠날 수 있었던 지하실이다. 마리-마들렌은 대부분의 사람들이 그렇게 살고 있다며 평화롭고 고요한 삶을 만들어 주겠다고 말한다. 그렇지만 장은 그러한 삶에 만족할 수가 없다.

> **장** 내가 원하는 건 평화가 아니란 말이오. 단순한 행복이 아니라 넘쳐흐르는 기쁨, 그 황홀함이 필요하오.
>
> —「도피」

그는 '투명한 지붕과 벽이 있는 집', '대양 같은 태양'과 '대양 같은 하늘'이 있는 곳을 꿈꾼다. 그런데 그의 눈에 보이는 것

은 '무덤 같은 집'이며 "부패이며 쇠퇴하는 것, … 피투성이가
된 척추뼈, 슬프게 숙이고 있는 머리들, 공포에 질려 죽어 가
는 자들, 머리도 없이 팔도 없이 절단된 몸들, 알 수 없는 짐승
들"이고 "불꽃 속에 타고 있는" 그가 생명을 구하지 못한 여인
에 대한 가책이다. 장은 결핍, 실망, 초라한 만족에 대한 거부,
후회와 가책 등 온갖 종류의 실존의 어려움에 관해 늘어놓는
다. 죽음에 대한 강박 관념도 그 원인 중의 하나다.

> **장** 죽는 게 법으로 금지된 나라가 필요해. 이 나라에 들어가면
> 신고서에 서명을 하게 해. 사람들은 죽지 않기로 약속하고
> 서명하는 거지.
>
> —「도피」

그는 이 모든 것들로부터 벗어나 '가볍게 자유를 노래하고
열광적으로 춤추고' 싶어 한다. 도피만이 자신을 불만족으로
부터 벗어나게 하고 죄의식으로부터 해방시켜 주리라고 생각
한다. 그가 바라는 것은 완전한 것, 절대적인 것이다. 절대적
인 것이 결여된 이 세계는 그에게 '공허함'으로 나타난다. 공

허함은 초라한 실존에 대한 불만족과 버려졌다는 의식에 연결돼 있다.

> **장** … 난 허무가 싫어요. … 이 공허를 느끼는 것이!
>
> —「도피」

> **장** … 존재 깊은 곳에 공허로 가득 채워지게 될, 비어 있는 장소가 있어.
>
> —「만남」

장의 추구는 '오랜 밤', '매몰', 황폐한 산, 높은 벽, 수도원-병영-감옥을 지나며 지속된다. 높은 산에서 푸른 하늘과 빛을 발견하고 만남에 잠깐 행복해 하기도 하지만 그의 추구는 고통으로 가득하다. '늙음과 매몰을 피해 삶과 기쁨과 완성을 찾고자 했으나' 기다리는 여인은 그에게만 존재하는 상상의 여인이고, 큰 벽은 장이 뛰어넘을 수 없는 장애물의 구체적 상징물이다. 샤에페르Schaëffer는 파시스트적이고 전체주의적이고 잔인한 폭군으로 20여 명의 학생을 열 지어 행진시키며 독일어로 된

명령을 또박또박 노래하게 하는 지배와 권력의 상징물이다.

마지막 에피소드의 이상한 거처는 마치 연옥 혹은 지옥 같다. 거기서 장, 트리프Tripp(우익 죄수), 브레히톨Brechtoll(좌익 죄수) 세 남자가 벌을 받고 자신들의 죄를 갚는다. 트리프는 '의무를 이행하지 않은 종교인'이라는 죄로, 브레히톨은 '빵 없이 지낼 수 없는 마르크스주의자'라는 죄로, 장은 '정신적 결핍'의 죄로 각각 벌을 받는다. 장은 신을 발견하리라 믿었지만 사탄의 대리인인 타바라와 악마 같은 수사修士들이 사는 수도원을 발견한다. 거기서는 모두 유니폼과 두건을 쓰고 겉보기에는 부드럽지만 사실 기만적인 공동의 법칙을 준수하는 곳이다. 장은 자신의 삶이 실패한 것을 느낀다.

장 원하던 모든 것들이 내가 다가가기만 하면 사라져 버렸어요.
   만지고 싶었던 것들은 모두 시들어 버리고요. 태양 가득한
   풀밭으로 다가가면 풀들은 내 발밑에서 말라 버리고, 나뭇잎
   들은 바라보기만 하면 누레져서 땅에 떨어져 버려요. 맑은
   샘물을 마시려 하면 물은 더러워져서 악취를 내뿜었어요.
                                          —「여인숙의 마법 의식」

허기와 갈증의 성경적 이미지가 영원한 갈증과 굶주림의 벌을 받았던 탄탈로스의 형벌* 이미지와 겹쳐진다. 장이 받은 영원한 갈증의 형벌에 회계 담당 수사가 또 다른 형벌을 부여한다. 속죄의 형벌이다. 그들이 제공했던 음식을 잘 먹고 즐겼으니 종교 공동체에 대한 빚을 갚아야 한다는 것이다. 그는 동료들에게 언제까지가 될지 모르지만 셀 수 없이 오랫동안 음식 봉사를 하도록 벌을 받는다. 그때부터 장은 수도사들이 합창하는 명령에 따라 점점 더 빨라지는 리듬에 맞춰 수프를 그릇에 담는다. 시시포스 신화의 노동처럼 장은 이 노동을 반복한다. 장의 절대에 대한 추구는 이렇게 반복적이고 의미 없는 노동으로 끝을 맺는다. 철창 너머로 나타나는 부인 마리-마들렌과 딸 마르트의 존재가 희망의 빛을 남겨 놓는다. 그녀는 철창 너머로 키 큰 초록의 풀들과 꽃들이 만발한 나무들이 있는 정원에 모습을 드러낸다. 그 정원은 첫 번째 에피소드 끝에서 장이 떠나고 마리-마들렌이 보게 되는 정원이다.

* 탄탈로스는 제우스와 요정 플루토의 아들로 신들의 노여움을 사게 되어 지옥에 떨어져 굶주림과 갈증의 벌을 받았다. 물이 턱에 차는 못에 몸을 잠그고 있는데도 마시려고 입을 대면 물이 빠져 버리기 때문에 영원히 갈증에 시달리고, 머리 위에 잘 익은 과일이 잔뜩 달린 가지가 늘어져 있으나 손만 뻗치면 바람이 가지를 멀리 이동시켜 먹을 수 없게 만들어 굶주림에 시달렸다.

정원이 보인다. 키 큰 초록의 풀들과 꽃이 만발한 나무들. 짙푸른 하늘. … 이러한 풍경의 왼쪽에, 끝이 보이지 않는 곳에 걸려 있는 은사다리가 나타나는 것이 보인다.

─「도피」

첫 번째 에피소드에서 장이 떠나고 아기와 둘만 남은 마리-마들렌은 이 풍경에 매료되어 "장이 이런 것이 있다는 것을 알았으면! 그는 볼 수가 없었어. 난 이 정원이 있다는 것을 느끼고 있었지만 확신을 할 수 없었어. 그가 볼 수 있었더라면, 볼 수 있었더라면, 조금만 더 인내했더라면 …"(「도피」)이라고 안타까워했던 정원 모습이다.

반짝이는 빛들로 인해 풍경이 밝아진다. 온통 초록이다. 꽃이 만발한 나무들, 짙푸른 하늘. 마르트와 마리-마들렌은 「도피」 출발 장면의 마지막 순간처럼 빛나는 사다리와 함께 나타난다. … 이 즐거운 에덴동산은 구내식당의 회색 벽과 대조를 이룬다.

─「여인숙의 마법 의식」

천사들이 오르락내리락하는 것을 본 야곱의 사다리처럼 빛으로 가득한 사다리와 에덴동산은 마르트와 마리-마들렌에게 남겨져 있다. 장은 실존적 경험, 부재의 경험을 한다. 갈증과 허기의 계속되는 시련은 마치 신비주의의 비전 전수를 생각하게 한다. 쇠퇴와 죽음을 거부하고 약속의 땅처럼 아름다운 꿈의 여인을 만나고자 했던 그의 추구는 시간과 죽음을 벗어나려는 추구였다. 그의 추구는 마침내 장을 은사다리 밑으로 다시 이끈다. 15~16년이 지났는데 마리-마들렌은 다시 젊어져서 나타난다. 장은 추락과 죽음에서 벗어나서 그 사다리로 올라갈 수 있을까? 마리-마들렌의 마지막 대사는 불안의 여지를 남긴다. 여전히 정신적 불편함과 실존적 불만족을 지닌 채 반복적으로 노동하는 장을 향해 마리 마들렌은 소리친다.

기다릴게요. 언제까지나, 끝없이 기다릴게요.

— 「여인숙의 마법 의식」

6
"나는 역사의 적이다" – 「막베트」

「막베트」는 셰익스피어의 「맥베스」를 다시 쓰기 한 작품이
다. 이오네스코는 이전에 중편들을 희곡으로 옮긴 적은 있지
만 다른 작가의 작품을 기둥 줄거리로 빌려 와 패러디하고 현
대화하기는 「막베트」가 처음이다. 이오네스코는 이 작품을
쓰게 된 동기를 다음과 같이 밝힌다.

「멕베스」를 본보기로 희곡을 써야겠다고 생각하게 된 것은
1962년 얀 코트Jan Kott의 아주 아름다운 책 『우리 동시대인 셰익
스피어』를 읽고 나서이다. 코트에 따르면 셰익스피어가 보여 주
고자 했던 것이 절대적 권력은 부패한다는 것이며 모든 권력은
범죄적이라는 것이다. 맥베스를 이런 측면에서 언급하며 코트
는 스탈린을 생각한다.

— 『삶과 꿈 사이에서』

얀 코트는 옛 폴란드 공산주의자로 바르샤바 대학살을 간신히 피하면서 공산주의 집단의 야만성에 엄청난 충격을 받았다. 그는 폴란드에서 도망친 다음 자신의 나라를 피바다로 만든 비극적 사건들에 대해 끊임없이 생각했고 셰익스피어를 다시 읽으며 그가 무대에 올린 폭군들의 잔혹성과 스탈린의 독재 권력 사이에 많은 유사성이 있다는 것을 발견하게 된다. 이오네스코는 얀 코트의 이 책에서 자신을 사로잡고 있던 문제들에 대한 답을 발견한다.

나는 그의 책에서 영감을 받았다. 내가 이 희곡을 쓴 것은 다시 한 번 모든 정치가는 편집광 환자이고 모든 정치는 범죄로 통한다는 것을 보여 주기 위해서이다.

— 『삶과 꿈 사이에서』

작품은 특별한 시간과 공간적 특성을 보여 주지 않는 어느 들판에서 시작된다. 글라미스와 캉도르 남작은 자신들의 영지를 침범하고 엄청난 식량과 군사들과 여인들까지 탈취해 가는 덩컨 군주에게 신물이 나서 반란을 일으킨다. 그렇지만 덩컨은 막베트와 방코의 도움으로 전쟁에서 이기게 된다. 캉도르는 즉석에서 체포되고 글라미스는 도망친다. 덩컨은 공로를 치하하기 위해 막베트에게는 캉도르의 작위를 주고 방코에게는 도주한 글라미스를 잡아오면 그의 작위를 주겠다고 약속한다. 덩컨은 자신에게 반기를 들었던 모든 인물을 단두대에 처형한다. 그때 덩컨 부인이 막베트에게 은근한 눈길을 보내기 시작한다. 글라미스가 강에 빠져 죽자 덩컨은 방코에게 글라미스의 영지와 작위를 주지 않고 그것을 막베트에게 준다.

마녀들이 나타나 막베트에게는 그가 왕이 될 것이라고 하고 방코에게는 그가 왕이 되지는 못하지만 왕의 혈통을 낳게 될 거라고 알린다. 두 마녀들이 막베트 앞에서 덩컨 부인과 그 하녀로 변한다. 새 덩컨 부인이 막베트에게 단도를 주며 덩컨을 제거하도록 종용한다. 덩컨도 잠재적인 모든 적을 제거해야 한다는 생각을 하며 더 많은 영지와 독립성을 가지고 싶어하는 막베트와 방코를 없앨 계획을 세운다. 이번에는 막베트와 방코가 반항하기 시작하며 작품 시작에 캉도르와 글라미스가 덩컨에 대해 하던 대화를 똑같이 반복한다. 마침내 덩컨 부인과 막베트, 방코는 의기투합하여 덩컨을 죽인다. 군주가 된 막베트는 덩컨의 부인과 결혼한다. 그렇지만 덩컨을 죽인 보상을 충분히 받지 못했다고 생각한 방코가 불평을 하자 막베트는 그를 배신자로 만들어 죽인다.

덩컨 부인과 하녀가 다시 마녀로 변신한다. 막베트가 자신의 권력을 공고히 하기 위해 향연을 여는데 방코의 유령과 덩컨의 유령이 모두에게 모습을 드러낸다. 덩컨 부인은 사라졌다. 사실 그녀는 마녀들이 거기 있었을 때 계속 감금되어 있었다. 사라졌던 그녀가 나타나서 마녀들이 자기 모습으로 변해서 한 짓 모두를 부정하며 자신은 자신의 남편 덩컨을 사랑했으며 그가 죽길 원하지 않았다고 밝힌다.

마녀가 여자로 둔갑시킨 영양艸羊과 방코 사이의 생물학적 아들이며 덩컨의 의붓아들인 마콜이 막베트를 죽인다. 그는 자기가 다스리면 폭군 막베트가 '흰 눈처럼 순결해 보일' 정도로 힘든 시기가 될 거라고 공표한다. "나의 불행한 조국에 옛날보다 더 악랄한 악행이 지배하고, 나의 통치에 조국은 유례없이 고통받을 것이다"는 마콜의 말에 그의 주변에 있던 모든 사람들이 떠난다.

이오네스코는 「맥베스」를 패러디하며 셰익스피어 인물들의 이름을 맥베스Macbeth는 'h'만 't'로 변화시켜 막베트Macbett로, 맬컴Malcolm은 마콜Macol로, 뱅코Banquo는 방코Banco로 살짝 변화시킨다. 원작의 '스코틀랜드 및 잉글랜드' 배경은 「막베트」에서는 '어느 들판', '전쟁터 가까운 곳', '대공의 궁궐 어느 홀', '궁궐의 커다란 홀' 같은 막연한 시공간으로 설정된다. 어떤 특정한 역사적 공간을 지시 대상으로 삼지 않음으로써 엘리자베스 시대의 드라마를 거울삼아 동시대와 20세기 후반부를 뒤흔든 대재앙들을 투영하고 있음을 쉽게 짐작할 수 있다.

이오네스코가 역사에 던지는 시선은 셰익스피어의 시선보다 더 암울하다. 모든 인물들이 피투성이다. 덩컨은 셰익스피어 인물과는 반대로 왕국의 모든 재산과 영지와 군대, 심지어 여성들까지도 자신을 위해 빼앗고, 반란을 일으킨 남작들과 그에 협조한 사람들을 모두 단두대에 처형하며 왕국을 피로 뒤덮은 살인마 폭군이다. 그를 도와 두 남작의 반란을 평정한 막베트 또한 그와 다르지 않다. 막베트는 자신이 옹호하던 군주를 방코의 협조를 받아 죽임으로써 두 남작과 동일한 행위를 반복한다. 군주의 왕관과 부인을 찬탈한다. 덩컨 부인의 모습도 잔혹하다. 그녀는 캉도르와 그의 군인들이 단두대에서 처형되는 것을 찻잔과 과자를 앞에 놓고 아무 감정 없이 지켜보며 단두대 밑으로 떨어지는 수천의 머릿수를 센다.

셰익스피어 작품에서와 달리 「막베트」의 인물들은 가책도 정의감도 없다. 셰익스피어 작품에서는 맥더프Macduff라는 인물이 영국으로 도피하여 덩컨의 아들 맬컴을 찾아내고 맥베스에 대항해 싸워 이긴다. 셰익스피어 비극은 맥더프가 맥베스의 수급을 흔들며 "스코틀랜드 왕 만세!"를 외치고 맬컴은 '폭정의 덫을 피해 망명한 동지들을 고국으로 부르고' 자신에게 요구되는 일들을 '시간, 장소, 무게 따라 처리할 것'이라고 약속함으로써 정의가 실현되는 데 비해, 「막베트」에서는 맥더프라는 인물이 존재하지 않는다. 작품은 질서로의 회귀, 더 나은 세상에 대한 희망으로 끝나지 않는다. 덩컨의 아들 마콜은 겁에 질린 국민들에게 자신은 막베트보다 더 잔인한 폭군이 되리라고 선포한다.

마콜 이 몸에 악이란 악은 다 들어 있어, 그것들이 움트는 날이면 시커먼 막베트도 흰 눈처럼 순결해 보일 거요. 그리고 가엾은 백성들은 내 셀 수 없는 악덕과 비교해, 그를 한 마리의 양과 같이 숭앙할 것이오. 그는 음탕하고 욕심 많고, 거짓되며 성급하고, 악의에 찬, 이름 붙은 죄는 다 가지고 있는 자였소. 하지만 나의 방탕함은 바닥을 모를 것이오. 당신들의 아내와 딸들, 기혼녀나 미혼녀로도 내 욕정의 저수지를 채울 수 없을 것이오. 또 내 욕망은 내 뜻을 방해하는 모든 둑을 무너뜨릴 것이오. … 내가 왕이 되면 영지를 탐내 귀족들을 죽일 것이며, 이 사람의 보석과 저 사람의 집을 빼앗을 것이오. 또 가지면 가질수록 더 탐욕스러워져서, 선량하고 충성스러운 사람들의 재산을 빼앗으려고 부당한 싸움을 걸어 그들을 파멸할 겁니다. 나에게는 군주에게 걸맞은 미덕이 하나도 없소. 왕에게 걸맞은 미덕인 정의감, 진실함, 절제, 지조, 관용, 끈기, 자비, 겸손, 경건함, 인내, 용기, 불굴의 정신은 하나도 없고, 오히려 갖가지 수단으로 저지르고 있는 다양한 죄악들이 우글댈 뿐이오.

— 「막베트」*

이오네스코 「막베트」에서는 셰익스피어 작품에서보다 역사의 악순환적 성격이 더욱 강조되고 있다. 권력을 열망하는 모든 인간은 부패하고 국가의 정상으로 올라서는 인간은 모두 살인적 광기에 사로잡혀 있는 것으로 표현한다. 덩컨은 반란군이 진압되자 반기를 들었던 두 남작과 그 추종자들의 피로 얼룩진 처형을 시작하고 덩컨을 죽인 막베트는 그의 부인을 자신의 아내로 삼는다. 덩컨을 제거하자고 의기투합했던 두 배신자들의 음모와 대화는 그들이 제거됨과 동시에 막베트와 방코가 이어받아 동일한 방식, 동일한 말, 동일한 태도의 반복을 보여 준다. 이러한 반복은 새로운 암살자들이 어느 날 나타나서 폭군을 죽이고 또 다른 폭군을 세우리라는 것을 암시한다. 결국 덩컨보다 더 폭군인 막베트가 그의 뒤를 잇고 그보다 더 폭군인 마콜이 권력을 잡는다. 역사는 발전하는 것이 아니라 반복이며 악순환일 뿐이다. 혁명은 질서의 회복으로 향하지 못하고 또 다른 재앙을 낳을 뿐이다. 역사는 부조리한 반복으로 이어진다.

* 이오네스코, 이선화 옮김, 「막베트」, 지식을만드는지식, 2012.

「막베트」에서 모든 막은 벌레스크한 부조리함으로 가득 차 있다. 이오네스코가 셰익스피어의 「맥베스」에 등장하는 마녀들을 자신의 작품에서 고수하는 것은 초현실적인 세계에 속하는 그녀들이 인간을 지배하는 악마적 힘을 체현하기 때문이다. 덩컨 부인이 막베트와 방코가 '사탄의 딸들', '악마적 존재들'이라고 부르는 마녀들로 변신할 때 그녀는 십자가를 빼내어 불태우고 대관식에서 성체의 빵을 삼키지 않으려고 안간힘을 써서 뱉어내는 지하의 어두운 힘을 상징한다. 그녀들은 예언을 하고, 예언을 통해 미래를 드러내고 인물들을 타락시킨다. 막베트의 가슴에 권력에 대한 제어할 수 없는 욕망을 불러일으키며 "지옥이 너를 도와줄 거야"라고 하고, 막베트와 방코 사이를 이간질하고, 방코에게 칠죄종七罪宗 중 하나인 욕망을 불러일으킴으로써 그를 파멸과 죽음으로 이끈다.

막베트 마녀들을 만나기 전까지, 난 군주를 섬기는 것 이외에 다른 욕망, 야망은 품지 않았었다. 그러나 지금 나는 시샘과 질투로 불타오르고 있어. 그년들이 내 야망의 상자의 뚜껑을 열어젖힌 거야. 나도 어쩌지 못하는 힘에 이끌려, 갈증 나고, 탐욕스럽고, 만족할 줄 모르는 힘에 빠져 있어.

막베트는 마녀들의 예언은 피할 수 없다는 것을 알아차린다.

막베트   역사는 이 같은 간계로 가득 차 있소이다. 모든 것이 그대들의 손아귀를 피해 가고 있소. 우리는 우리가 시작한 일의 주인이 아니지요. 사태는 그들에게 불리하게 돌아가고 있소. 일어나는 일들은 죄다 그대들이 원했던 것과는 반대로 벌어지고 있소. 인간이 사건을 통치하는 것이 아니라, 사건이 인간을 통치하는 거요.

막베트의 이 말을 통해 이오네스코는 그 말을 언급했던 인물인 레닌Lénine을 연상하게 한다.

역사는 우리를 초월한다. 우리는 우리가 하고자 했던 것과 다른 것을 하는 것이 명백하다. 이미 그것을 예견한 정치가가 있었다. 레닌이었다. 그는 "역사는 농간을 부린다"라고 했다. 자신이 역사의 주인이 아니었다는 것을 알았음을 의미한다.

— 『과거의 현재 현재의 과거』

이오네스코는 「막베트」에서 공공연하게 공산주의를 규탄한다. 승리자인 덩컨 앞에서 캉도르는 자아비판을 늘어놓으며 모스크바의 정치적 소송을 비판한다.

캉도르 내가 조금 강했더라면, 내가 당신의 신성한 영주가 되었을 것이오. 패자가 되었으니, 비열한 반역자로 전락할 수밖에, 내가 이 전쟁에서 이기기만 했어도! 역사가 그걸 원치 않았던 것이오. 객관적으로 봐서 역사가 옳아요. 나는 역사의 폐물일 뿐이오. … 난 죄인이오. 하지만 우리의 반란은 내가 어느 정도 죄인이라는 것을 증명하기 위해 필요했소. 나는 죽는 게 행복하오. 내 생명은 중요하지 않으니까. 내 육신과 나를 따랐던 모든 이들의 육신은 이 옥토를 기름지게 하고 밀들이 자라나게 해 미래의 수확에 도움이 될 것이오. 나는 본받아서는 안 되는 사람의 표본이오.

일찍이 이오네스코는 여러 작품에서 공산주의의 야만성을 고발했다. 1940년 『과거의 현재 현재의 과거』에서 "공산주의 혁명은 세계에서 가장 고통스러운, 고통스럽고 비극적인 자유와 변형의 시도이다. 실패한 혁명이니까"라고 표현했으며, 「자크 혹은 순종」에서는 볼셰비키 범죄에 대한 분노를 읽을 수 있다.

> **자크** … 사람들은 … 입으로는 착한 척하며, 이빨 사이에 피투성이 칼을 물고 있었어요.
>
> ─「자크 혹은 순종」

그는 소련의 개입을 정당화하려고 한 프랑스 공산주의당의 태도를 참을 수 없어 했으며, 베를린 장벽 건설을 알았을 때 동유럽 국가들에서 창궐하던 감금을 공공연하게 고발한다.

> **첫 번째 영국노파** 난 결코 빠져나올 수 없는 나라에 있었어요. 빠져나올 수 없는 나라에서 살았어요. 오래 전부터. 거기서 나갈 생각은 한 번도 해본 적이 없어요. 너무 무서웠거

든요. 거기에 감금된 것이고 그곳으로부터 절대 나갈 수 없다는 것을 알았을 때 정말 무서웠어요. 내 주변을 둘러싼 벽밖에 보이지 않았어요. 신경 쇠약으로 폐소공포증을 앓았어요. 심각한 문제는 나가지 못한다는 데 있는 게 아니라 나갈 수 없다는 걸 알게 된 데 있었죠.

— 「공중 보행자」

「공중 보행자」의 베랑제가 하늘로 올라가 땅을 내려다보며 발견한 인간 감옥들, 「갈증과 허기」 세 번째 에피소드에서 나온 두 죄수들의 말 등은 모두 공산주의 감옥에 대한 고발을 포함하고 있다. 그렇지만 「막베트」 이전 작품들에서는 전체주의에 대한 고발이 허구나 알레고리나 상징 뒤에 다소 가려져 있었다. 그러나 폭정을 비판하는 「막베트」나 혁명의 야만성을 고발하는 「외로운 남자」와 「끔찍한 사창가」 같은 작품에서는 더욱 직접적이고 공공연하게 전체주의를 비판한다.

「막베트」에서 이오네스코는 셰익스피어의 이야기를 우회하여 잔혹함을 있는 그대로 표현하며 20세기가 만들어 놓은 모든 형태의 야만성, 악, 그 앞에서의 인간의 반항을 무대에 올린다. 혁명이 폭정으로 이어지고, 새로운 전체주의가 여러 곳에서 지속적으로 출몰하는 세계에서 이오네스코는 동시대의 역사에 대해 냉철한 시선을 던진다.

이오네스코는 「막베트」가 "셰익스피어, 자리 중에서 「위비 왕」*에 가깝다"고 말한다. 이 점이 셰익스피어의 작품과 구별되는 점이다. 셰익스피어 작품이 전적으로 비극적 범주의 작품이라면 이오네스코의 작품은 익살스러운 방식으로 전개된다. 순환적 구성을 통해 절망적으로 반복될 뿐 발전되지 않는 역사에 대한 비판을 담고 있는 이 작품은 근본적으로 매우 비극적이나 중간중간이 소극적 요소들로 가득 차 있다. 음악에 맞춰 춤을 추고 라틴어로 된 '주문들'의 실타래를 감으며 갑자기 가면을 벗고 비키니 입은 모습을 드러내는 마녀의 독창적이고 유머러스한 스트립쇼, 두 마녀가 도망가기 위해 사용하는 평범하지 않은 이동 수단도 마치 개그를 보는 듯 웃음을 준다.

둘 다 가방 위에 걸터앉아 있다. … 첫 번째 마녀는 핸들을 돌리

---

* 알프레드 자리는 프랑스 초현실주의의 선구자 중의 하나로 알려진 작가이다. 「위비 왕」은 1896년 자리가 발표한 희곡으로 패러디, 상스러운 유머, 풍자를 섞어 놓은 도발적인 소극이다.

는 것처럼 보이고, 모터 소리가 요란하다. 두 번째 마녀는 날갯
짓을 시늉하기 위해 팔을 양편으로 뻗는다.

도망가기 위해 "가방아, 날아라! 가방아, 날아라!"라고 소리
치는 마녀들의 가방 개그는 유치한 만화를 보는 듯한 느낌을
준다. 잔혹한 장면들이 '위비식' 희극성으로 표현된 부분도 있
다. 덩컨은 자신에게 반란을 일으킨 캉도르 남작과 '적지도 많
지도 않은' 13만 7000명의 병사를 처형하며 영화를 감상하는
듯한 분위기를 보여 준다. '시종이 탁자와 차를 내오고 무대
위에 있는 사람들에게 차를 대접하는' 가운데 조명과 함께 단
두대가 나타나고 방코가 단추를 누르면 병사들의 머리가 잘
려 나간다. "자, 빨리, 빨리, 빨리!" 하는 소리와 함께 점점 빠
르게 머리가 하나씩 바구니로 떨어진다. 이루 말할 수 없이
잔혹한 이 단두대 장면은 사실상 그 환각적 가속화 리듬을 통
해서 기계적 행위가 되어 버림으로써 웃음을 자아낸다. 여기
서 인물들은 「대머리 여가수」의 인물들처럼 영혼 없는 존재
들로 인형극에 나오는 꼭두각시들 같다. 셰익스피어 비극에
서의 심각한 존재들을 이오네스코는 기계적 행위를 반복하는

우스꽝스러운 인물들로 만들어 놓는다. 마지막 장면은 국민에게 가하게 될 잔혹한 행위들을 늘어놓는 폭군의 만화적 이미지와 무대를 가로지르며 나비잡기의 우스꽝스러운 이미지가 겹치면서 종결된다.

이오네스코는 맥베스의 야욕과 왕의 시해, 동지인 뱅코의 살해, 맥베스의 죽음과 맬컴의 왕위 계승을 기둥 줄거리로 하는 셰익스피어의 비극에 알프레드 자리의 '위비식' 요소들을 가미해서 인물들을 마리오네트처럼 만들고 기계적 행동을 부여하여 우스꽝스럽게 만든다. 그래서 「막베트」는 부조리한 삶의 비극적 차원과 '위비적' 희극성이 혼합된 작품이다. 이오네스코는 야망과 독재로 인해 야기된 피폐함을 고발하며 "바보들에 의해 야기되는 부조리하고 피투성이인 역사"를 유머, 때로는 블랙 유머를 통해 표현한다.

이오네스코는 늘 잔혹성과 부조리성이 본질인 비극적인 세계에서 희극의 존재를 본다. 비극적 현실을 극단으로 밀어 놓고 객관적으로 바라보면 그것은 우스꽝스러운 소극으로 보인다. 그래서 이오네스코는 "희극과 비극 사이에 어떤 차이가 있는지를 모르겠다"고 하며 "희극은 부조리의 직관이므로 비극보다 더 절망적으로 느껴지고", "희극은 비극적이고 인간의 비극은 우스꽝스럽다"(『노트와 반노트』)고 밝힌다. 이오네스코는 셰익스피어 비극을 그가 「수업」에 부여했던 부제처럼 '비극적 소극' 형태로 패러디하며 인간을 해방시킨다는 명분 아래 인간을 노예화하고 파괴하며, 결국 대량학살로 귀결되는 역사를 찬양하는 전체주의, 이데올로기, 혁명적 폭력성을 점점 더 강하고 직접적으로 비판한다.

  이오네스코 작품에서 역사는 악순환이고 폭군은 전보다 더 잔인한 폭군으로 이어진다. 이오네스코는 그 악을 고발하면서 조롱을 통해서 그 비극적 현실로부터 '거리'를 유지한다. 그는 이러한 역사를 수용할 수 없는 것이다.

  나는 역사의 적이다.

—『해독제』

4

새로운 극형태의
추구와 미학

1
반反연극

「대머리 여가수」는 1950년대 신연극 역사에서 결정적 전환점이 된다. 이오네스코는 『노트와 반노트』에서 문학 작품과 수필을 읽고 영화관에 자주 가고 가끔 음악도 듣고 갤러리도 방문하곤 했지만 연극을 보기 위해 극장에 가지는 않았다며 "거기서 아무런 즐거움을 느끼지 못했다"고 고백한다. 그렇지만 1950년 「대머리 여가수」로 파리 무대에 데뷔하기 16년 전인 1934년 이미 그가 연극을 '약속convention의 예술'로 비판하는 글을 볼 수 있다.

연극이 약속의 예술이라는 것은 누구나 다 아는 사실이다. 그런데 약속은 기계적으로 만들기 때문에 미학적 삶을 죽인다. 이미나의 미학적 삶도 죽였다. 극장에서 (우연히 내가 거기 있게 될 때) 나는 뻔한 줄거리와 눈에 드러나는 트릭 때문에 몹시 거북하다. 약속을 뛰어넘어서 공연을 생생하게 불붙일 수 있는 충분한 열정을 가진 작가가 존재하는지 모르겠다.

— 『내셔널Nationalul』, 1934년 6월 24일

이오네스코가 연극 전통에 대해 가졌던 생각을 엿볼 수 있는 부분이다. 이오네스코는 1950년 「대머리 여가수」로 파리 무대에 데뷔할 때 작품에 '반反희곡'이라는 부제를 달았다. 이러한 명칭은 이미 기존 연극에 대한 단절과 개혁의 의지를 담고 있다. 이오네스코는 『내가 반反연극을 했는가?』라는 글에서 다음과 같이 표현한다.

모든 운동과 모든 새로운 예술가 세대들은 새로운 양식을 가져 오거나 가져오기 위해 노력한다. 왜냐하면 분명하든 막연하든 사물을 말하는 몇몇 방식이 소진되어 버렸기 때문에 그걸 말하는 새로운 방식을 찾아야 한다는 걸 확신하기 때문이다. 고갈된 옛 언어인 옛날 형태가 해체되어야 하는 이유는 말해야 할 새로운 것들을 담을 수 없게 되었기 때문이다.

— 『노트와 반노트』

연극에서 새로운 것을 할 수 있을까? 그는 희곡과 비평들을 통해 여러 번에 걸쳐 새로운 형태에 대한 소망을 표현한다. '반反연극anti-théâtre', 좀 더 일반적으로 말해서 모든 형태에 대한 '반대anti'를 요구한다.

1) 심리주의 연극의 거부

이오네스코는 50년대의 다른 아방가르드 작가들처럼 사실주의에서 등을 돌린다. 물론 사실주의에 대한 이런 비판은 그 당시의 프랑스 문학 흐름에서 특별히 새로운 것은 아니었다. 이미 한 세기 전부터 사실주의를 거부한 작가들이 많이 있었다. 플로베르는 순수한 형태의 추상적 작품을 꿈꿨으며, 자연주의의 대표적 작가인 모파상도 "사실주의자가 예술가라면 삶을 사진처럼 재현하지 말고 사실보다 더 완전하고, 더 감동적이고, 더 설득력 있는 비전을 주어야 한다"(『피에르와 장Pierre et Jean』)고 생각했다.

클로델, 프루스트, 지드, 발레리 모두 사실주의적 방식보다는 오히려 상징과 유추와 해독하기 어려운 기호들을 해독하는 데 정신을 쏟은 상징주의에 끌렸던 작가들이다. 20세기 초현실주의 작가들은 그 누구보다도 강력하게 사실주의 방식으로부터 거리를 두었다. 1924년 『초현실주의 제1 선언문』을 발표하며 꿈, 무의식, 욕망의 경험, 자동기술법 등 초현실주의 특징을 정의한 초현실주의의 선구자 브르통은 실증주의로부터 영향을 받은 사실주의 방식에 대해 문제를 제기했다. 1927년부터 1939년까지 프랑스 무대에서 강력한 영향력을 행사했던 카르텔Cartel의 연출가들인 주베Louis Jouvet, 뒬랭Charles Dullin, 바티Gaston Baty, 피토예프Georges Pitoëf 모두 예외 없이 '사실주의' 무대에 비판적이었던 사람들이었다.

이런 역사적 맥락에서 본다면 이오네스코와 아방가르드 작가들은 이미 확고하게 자리 잡은 반反사실주의를 다시 꺼내 든 것이라고 할 수 있다. 베케트, 아다모프, 이오네스코 모두 사실주의에 반기를 든다. 그들은 사실보다는 꿈, 신비에 이끌렸으며 특히 이오네스코는 사실주의에 반대 입장을 분명히 한다.

적어도, 가능한 한 최소한의 개성을 부여하고, 가능한 한 최대한의 비현실적인 모습을 주도록 하자. 아니면 다른 것, 즉 어떤 다른 사건과도 닮은 점이나 관련이 없는 유일한 사건을 창안해

내거나, 어떠한 다른 것으로 대체할 수 없는 세계, 우주 속의 새
우주, 다른 무엇보다도 기이한 세계를 그만의 고유한 언어와 법
칙과 일치를 가지고 창조해 내도록 하자.

— 『노트와 반노트』

이오네스코는 「의무의 희생자」의 주인공 슈베르를 통해서
도 연극이 늘 사실적이고 추리적이었음을 비판한다.

슈베르 작품 전체가 멋진 결말로 향하는 일종의 앙케트라고
할 수 있지. 하나의 수수께끼가 있고, 마지막 장면에 가서
그게 밝혀지는 식이지. 때로는 좀 앞에서 해답을 찾아내
려고 하고, … 탐정극이야. 자연주의 연극, 앙투안Antoine[*]
의 연극이야.

— 「의무의 희생자」

이오네스코는 이러한 연극에서 불편함을 느낀다. 자신이

---

[*] André Antoine(1858-1943). 극예술과 연출에 자연주의 원칙을 적용하며 대중적이고 사회적인
연극을 시도한 프랑스 자연주의 연출가이자 배우.

연극에서 기쁨을 느끼지 못하고 참여하지 않은 이유를 '배우들의 연기가 불편했으며' 극의 '상황이 임의적'이어서 '그 모든 것에 가식적인 것'이 있었으며 '환히 들여다보이는 서투른 속임수'(「노트와 반노트」)를 쓰는 것 같았기 때문이라고 한다. 「의무의 희생자」의 시인 니콜라는 "비이성적인 연극을 꿈꾸고 있다"고 밝힌다. "아리스토텔레스적이 아닌 연극 말이죠?"라고 경찰관이 묻자 "바로 그거예요"라고 시인은 답한다.

> **니콜라** 전 비이성적인 연극을 꿈꾸고 있어요. … 요즘 연극은, 실상, 아직도 옛 형식의 노예에 불과하죠. 폴 부르제Paul Bourget의 심리학을 극복하지 못하고 있어요. … 우리 시대의 문화 스타일과 어울리지 않지요. 시대정신의 총체적 표현에 적합하지 않단 말입니다! … 새로운 논리, 새로운 심리학이 가져온 계시 혹은 모순의 심리학을 참조할 필요가 있겠지요.
>
> —「의무의 희생자」

몇몇 예외적인 경우를 제외하고는 성격 연구와 줄거리의 심리적 진행에 입각한 작품이 주류를 이루어 왔던 것이 사실이다. 아다모프도 심리적 움직임 분석에 큰 중요성을 부여했던 전통과 그 작품들에 대해 "여전히 모든 무대를 점령하고 거북하게 뒤덮는 심리주의 작품들에 염증이 난다"*(『연극 II *Théâtre II*』)고 그때의 상황을 밝히고 있다. 이오네스코도 이 부분에 대해 같은 의견을 보여준다.

우리는 정체성이라든가, 성격의 통일성 등의 원리를 포기할 것입니다. 변화와 역동성의 심리학을 위해서죠. 우리는 이제 더이상 우리 자신이 아닙니다 ···. 개성이란 것은 존재하지 않아요! 우리 속에는 모순적인 힘이나 비모순적인 힘만이 존재할 뿐이죠. ··· 행위와 인간관계에 대해서는 더 이상 말하지 맙시다. 우린 그걸 완전히 잊어버려야 합니다. 적어도 너무 통속적이고 너무 분명하고, 마치 모든 것이 명백한 것처럼 거짓말하는 지난날의 형식은 넌더리가 납니다. 오늘날엔 드라마도 비극도 없어요. 비극적인 것은 희극적인 것이 되고, 희극적인 것은 비극적

---

* 후에 아다모프는 이 점에 대해 "자신이 연극의 심리주의를 추방하려고 했던 시기에 경솔했다"고 반대 의견을 밝힌다.

이 되죠.   — 「의무의 희생자」

　전통 연극은 발단, 전개, 결말로 나누어져 인과 원칙에 따
라 작품이 진행된다. 첫 장章에서는 작품을 이해하는 데 필요
한 요소들 즉 상황, 인물의 정체성, 행동의 동기 등이 제시되
고 거기서부터 주어진 상황과 인물들이 일종의 결정론에 따
라 변화하면서 논리적이고 사실임 직한 진행을 보여 준다. 이
오네스코는 연극은 줄거리 묘사에 목적이 있는 게 아니기 때
문에 삼단 논법처럼 구성된 논리적 연극에 대해 불편함을 표
현한다. 그는 '비이성적 연극'을 꿈꿨고 그러기 위해서는 이제
까지 준수되어 온 인과 원칙에 입각한 연극에서 벗어나야 한
다고 생각한다.

줄거리 변화가 없으므로 구성도, 풀어야 할 수수께끼도 없다.
해결할 수 없는 미지의 것과 성격을 알 수 없는, 정체성이 없는
인물들만 있다. 그리고 원인과 결과를 따르지 않고 계속되지 않
는 지속성과 우연한 이어짐이 있을 뿐이다.

                                    — 「노트와 반노트」

234

드라마는 극 행동이다. 그런데 이오네스코는 극 행동이 없는, 연극을 만들기를 원한다. 사건의 급변이나 대단원이 있는, 논리적 줄거리가 있는 연극을 거부하며 줄거리를 조롱하기까지 한다. 그는 자주 탐정극 스타일의 줄거리를 비판하면서 그것에 대한 패러디를 보여 주기도 한다. 「대머리 여가수」의 하녀는 스스로를 '셜록 홈즈'라고 칭하고, 「의무의 희생자」, 「아메데 혹은 어떻게 거기서 벗어나지?」, 「무보수 살인자」는 수수께끼와 추리적 조사로 시작된다. 슈베르는 "옛날부터 지금까지 쓰인 모든 희곡들은 탐정극 스타일이었다"고 말한다. 관객이 줄거리에 몰입하는 것을 막기 위해 '극적 환상'(현실의 모방인 연극을 진짜 현실로 착각하는 것)을 깨고 작품이 허구라는 것을 일부러 알려 주기도 한다. 자클린은 자기 어머니의 눈물과 감동적 표현을 깨고 "금방 기절하시지 말고 작품이 끝날 때를 기다리세요"라고 말하고, 「왕이 죽어 가다」의 마르그리트 왕비는 왕에게 "당신은 이 공연이 끝날 때 죽을 거예요"라고 한다. '극중극'을 사용하기도 한다. 「의무의 희생자」의 마들렌과 수사관은 슈베르가 배우 역할을 하는 무대를 바라보기 위해 의자에 자리 잡는다.

수사관 (마들렌에게) 앉으세요! 앉읍시다. 곧 시작하려 합니다.
　　　　 그는 매일 저녁 출연합니다.

마들렌 자리를 예약해 두기를 잘했어요!

수사관 이 의자에 앉으십시오. (그는 의자 두 개를 나란히 놓
　　　　 는다.)

마들렌 고마워요. 여긴 좋은 자리예요? 제일 좋은 자린가요?
　　　　 모두 보이나요? 잘 들려요? 망원경은 가져오셨어요?

(슈베르는 더듬더듬 걸으며, 작은 무대를 꽉 채우며 나타난다.)

수사관 그 사람입니다 ….

마들렌 오, 인상적이에요. 연기를 잘하는데요!

이러한 '극중극' 방식은 연극이 현실의 모방이고 무대에서
일어나는 일이 나에게 일어날 수 있는 일이라는 '사실임 직함'
의 약속을 깨고 관객들로 하여금 연극을 연극으로 인식하도
록 유도한다.

2) 인물과 정체성의 문제

대부분의 극작가들은 자신의 인물들에게 개인적인 이름, 지

속적인 성격과 행동, 통일된 줄거리를 부여함으로써 인물들을 믿을 만한 존재로 만들려고 노력한다. 그런데 이오네스코 연극에서는 극 창작의 필수 불가결한 중심적 요소라고 할 수 있는 인물의 개념이 눈에 띄게 왜곡된다. 극예술은 전통적으로 살아 있거나 신화적인 인물을 중심으로 줄거리가 이루어져 왔다. 그래서 중심 극 행동은 이 상징이 되는 인물들의 삶을 강조하는 것이었고, 이 인물들은 삶의 이미지를 체현하며 인간 실존을 드러내 보였다. 관객들은 극단적인 사랑이든, 미움이든, 절망이든 빠져나올 수 없는 모험 속에서 몸부림치는 인물이든 그들이 무대에서 되살아나거나 승리하는 것을 보기를 원했다. 그렇기 때문에 그 인물들은 보통 인간의 체현이라기보다는 선과 악, 숭고함만큼이나 비천함 속에서도 어떤 인간도 할 수 없는 것을 행하는 신화적 존재였다.

그런데 이오네스코는 이러한 인물들 유형에서 완전히 벗어난다. 그의 인물 대부분은 예외적인 인간들이 아니라 부르주아 문명의 단순한 요소들로서 특별한 이름이나 개인성으로 구별되지 않는 인물들이다. 가족 구성원 모두가 이름이 같기도 하다. 「대머리 여가수」의 보비 왓슨은 모든 가족 구성원의 이름이 보비 왓슨이고, 「자크 혹은 순종」에서 가족은 모두 이름이 자크와 로베르트이고 「알마의 즉흥극」에서의 세 비평가는 모두 '바르톨로메우스'라는 이름으로 불린다. 이름만큼이나 개인적 특성이 없는 인물들에게서 논리적 심리를 찾는 것은 불가능하다. 「대머리 여가수」의 소방대장은 작품에 이유 없이 등장하고 메리는 자신을 셜록 홈즈라고 한다. 그들은 개인적인 성격이 없기 때문에 스미스 부부가 마틴 부부 역할을 하고 마틴 부부가 스미스 부부의 역할을 해도 아무런 상관이 없다. 베랑제처럼 고유 명사처럼 쓰이는 인물도 있다. 「무보수 살인자」, 「코뿔소」, 「공중 보행자」, 「왕이 죽어 가다」의 주인공은 이름이 모두 베랑제이다. 네 작품 속 주인공의 이름이 모두 같아서 이오네스코가 선호하는 인물 같아 보이지만 각 작품에서 베랑제는 다양한 모습으로 나타나기 때문에 지속적인 특징을 찾아보기 어렵다.

이오네스코 작품에 자주 등장하는 유형은 부부와 가족이다. 「대머리 여가수」의 스미스 부부와 마틴 부부, 「의자」에서의 노부부, 「자크 혹은 순종」에서의 자크 가족과 로베르트 가족, 「아메데 혹은 어떻게 거기서 벗어나지?」에서의 아메데와 마들렌 부부, 「의무의 희생자」에서의 슈베르와 마들렌 부부, 「공중 보행자」의 베랑제 부부와 딸, 「왕이 죽어 가다」의 베랑제 왕과 두 왕비, 「갈증과 허기」의 장과 마리-마들렌 부부 등이 있다. 「코뿔소」, 「무보수 살인자」의 베랑제는 독신이다. 그렇지만 「코뿔소」의 베랑제는 회사 동료인 데이지와 연인 관계이고, 「무보수 살인자」의 베랑제는 다니와 약혼한 사이다. 그들은 대부분 프티 부르주아 환경에 속한 인물들이다.

이 커플들은 혈연이건 연인이건 궁극적으로 전혀 소통이 되지 않는 외로운 인물들이다. 인물들은 대부분 병적 다변증 속에서 말을 되풀이한다. 그들은 감정과 진정한 생각을 서로에게 전달하지 못하는 인물들이다. 깊은 사고가 결여되어 있기 때문에 일종의 기계성에 따라 움직인다. 그들이 사용하는 일관성 없는 단어들과 넘치는 문장들은 인물들이 직접적으로 정확하게 타인과 소통할 수 없다는 것을 표시하는 기호들이다. 이오네스코는 이 무미건조하고 회색의 '프티 부르주아'에게 진부한 삶, 개성의 결여, 공들인 대화의 기교로부터 벗어난 언어를 부여하고 그들을 신화적 세계에서 빼내어 우리 시대의 무미건조하고 관습적인 실존 가운데 투영한다. 그들은 순응적인 말과 태도를 보여 주는 우리 시대의 사회를 형성하는 아주 평범하고, 익명적이며, 보편적인 개인 유형들이다. 특별할 것이 없는 삶은 위대한 비극의 품격 있는 귀족성에서는 벗어나 있지만 인간적 감성의 매력을 지니고 있다. 관객은 훌륭한 예외적 존재의 삶 대신 있는 그대로의 자신의 초라한 실존적 현실을 발견하게 된다. 이오네스코 연극에서 인간은 모두 불쌍한 꼭두각시이다.

이오네스코는 자신의 주인공을 관객들이 그에게서 자신을 느낄 수 있는 거울(인물)로 만들지 않는다. 말하고, 몸짓하고 끊임없이 모순적인 말을 하는 인물들, 매일 매일의 그들의 대화는 똑같다. 관객은 자기가 잘 알지 못하는 이 새로운 문체를 낯설다고 느끼고 당황하게 된다. 연극 인물을 통해 자신의 이미지를 읽고 싶어하는 관객은 갑자기 그 인물 앞에서 생경함을 느끼게 된다. 사람들은 무대 위에서 이오네스코의 이 이상한 세계를 채우고 있는 이상한 인물들을 자기 자신으로 만나는 것에 익숙지 않아서 처음에는 쇼크를 받지만 아주 생경한 방식으로 우리를 닮은 이 꼭두각시들에 관심을 두게 된다. 이 인물들은 정말 수수께끼 같은 인물이기만 할까? 깊이 들여다보면 이 인물들은 서로를 잘 알지 못하면서도 서로를 지탱해 주는 우리처럼 외로운 사람들이다.

관객이 불완전한 존재로서의 자신의 조건과 직면하고 자신을 최소한의 것으로 축소시키며 벌거벗은 자신의 현실을 똑바로 바라보게 되면 관객은 스스로에게 '나는 누구인가?'라는 본질적인 질문을 던지게 된다. 관객이 꼭두각시(인물들)에게서 자신의 존재를 인식하게 되는 순간, 이오네스코 연극의 의미에 다가가게 된다. 무대 위에 정체성도 없고 심리적 특성도 없는 인물들을 올리는 것은 이오네스코 연극의 큰 특성 중 하나로 "심리주의를 피한다는 것은 그에게 형이상학적인 차원을 주는 것"(「노트와 반노트」)이 된다.

3) 언어의 파괴

1950년대 신연극 작가들은 언어 표현 분야에 획기적인 변화를 가져왔다. 그동안 언어는 세계를 표현하는 의심할 여지 없는 수단으로 여겨져 왔고 연극 표현의 하나의 본질로서 존중되어 왔다. 인물 간의 논리적 의사소통을 원활히 하는 데 사용되어 왔던 언어는 사실주의 전통 연극의 가장 중요한 요소 중의 하나다. 그러나 신연극 작가들은 이러한 논리적 의사소통의 수단으로의 언어, 수사학의 향기를 지닌 '아름다운 언어'에 관심을 기울이지 않는다. 이오네스코는 언어 형태 아래 전통적으로 표현됐던 것이 연극의 다른 요소들을 통해 다르게 표현될 수 있다는 것을 인식했다. 이오네스코는 "단어, 몸짓, 오브제, 행동까지도 이 모두가 표현하고 의미하는 데 사용되기 때문에 연극에서는 모든 것이 언어다"(『노트와 반노트』)라고 확인한다. 다른 무대 수단들 덕분에 언어의 개념이 확산된다. 말하는 것이 문제가 아니라 소통이 문제가 된다. 연극이 말하는 것으로 그친다면 대화가 전부이겠지만 소통이 문제라면 대화는 모든 극 체계의 다른 속성들 가운데 하나의 표현 수단일 뿐이다. 언어는 불완전한 의사소통의 수단으로 나타난다. 이오네스코는 "나는 언어의 의도적인 변형과 파괴를 확인하고 그것을 고발한다"(『노트와 반노트』 서문)고 연극 언어에 대한 성찰을 던진다.

이오네스코는 인물의 사고, 감정을 전달하고 의사소통을 가능하게 하는 수단으로 사용된 언어가 얼마나 비합리적으로 사용될 수 있는지를 '변형과 파괴'를 통해서 보여 준다. 우리는 이미 「대머리 여가수」에서 더 이상 논리적 의사소통의 기능을 수행하지 못하는 언어의 현실과 해체 과정을 살펴보았다. 인물들은 독백이든, 대화든, 각 문장의 통일성 있는 구조에도 불구하고 서로 의사소통에 이르지 못한다. 언어의 파괴는 인물들의 파괴에 밀접하게 결부되어 있다. 틀에 박힌 언어를 사용하는 부르주아 사회의 유형적 인물 스미스 부부와 마틴 부부는 소비사회의 생산 모델로서 살아 있는 꼭두각시일 뿐이다. 이름도, 성격도 없는 비어 있는 존재들, 정체성이 없는 인물들, 이런 인물들 사이에서 언어는 의미와 무의미 사이를 표류하게 된다.

언어의 횡설수설은 언어학적 기호, 즉 기표記標와 기의記意 사이의 붕괴에 기인한다. 정상적인 의사소통 과정에서는 기의가 먼저이고 화자는 사고의 내용에 적합한 표현을 찾는다. 이오네스코는 그것을 뒤집어서 단어나 구句에서 출발해서 거기에 적합한 내용을 부여하거나 내용 없이 내버려 둔다. 「자크 혹은 순종」은 의미가 없는 빈 단어들로부터 진행된다. 자신의 '콩송브리나시옹consombrination'에 남겨진 자크는 계속 반항하지만 누이동생이 그가 '크로농메트라블chronométrable'이라고 알려 주자 자크는 타협한다. 여기서 단어는 아무 의미도 내포하지 않는다. 반대로 단어들의 엄격한 의미적 가치가 적합하지 않은 내용이 될 수 있다.

> **장** 서서 꿈꾸고 있네!
> **베랑제** 앉아 있는데.
> **장** 앉아 있는 거나 서 있는 거나 마찬가지지 뭐.
>
> —「코뿔소」

기표와 기의의 분리는 말에서 의미를 제거하고 언어를 음성들의 나열로 만들어 버린다. 대화들이 더 이상 사고의 연속으로 이어지지 못하고 계열적 연속, 즉 의미적·형태적·음성학적 시리즈로 무한히 증식된다. 환유적 결합은 담화에 광기의 형태를 준다.

> **노옹** 흠뻑 젖었지, 뼛속까지 얼었어, 여러 시간, 여러 밤, 여러 주 전부터 ….
> **노파** 여러 달 ….

노옹 … 빗속에서 … 쾅 닫아 버렸어, 귀를, 발을, 무릎, 코, 이
　　　를 ….

—「의자」

이오네스코는 가끔 모음 반복, 철자 오류, 하나나 여러 개의
끝음절 반복 등을 가지고 유희한다. 이러한 유희로부터 벌레
스크한 효과를 꺼내기도 하지만 이 유희는 말의 힘을 파괴하
는 것을 의미한다. 의사소통의 정상적 진행 과정에서는 사람
들이 상대방에게 전달할 의미를 먼저 생각하고 그 생각의 내
용에 적절한 표현을 찾게 되는 것이 원칙인데, 이오네스코는
그와 반대로 단어들의 조합에서부터 출발해서 내용에 이르게
함으로써 대화가 부조리해질 수밖에 없다. 인물들의 응답은
사고의 진행 과정의 표시가 아니라 음성학적이거나 형태학적
인 결합을 통해 이어지게 된다. 하나의 단어가 긴 대사의 열
쇠 단어가 되기도 한다.

로베르트 이리 와 … 아무 걱정 말고 … 난 젖어 있어 … 이 진
　　　흙 목걸이, 녹아내리는 가슴, 물렁물렁한 내 골반, 내 벌

어진 틈에는 물이 고여 있어. 난 점점 빠져들어 가고 있어. 내 진짜 이름은 엘리즈야. 내 뱃속에 연못이, 늪이 … 내 진흙 집 ….

— 「자크 혹은 순종」

여기서는 여러 결합이 이루어진다. '부boue(진흙)'라는 기표는 음성학적으로 유사한 단어 '무mou(물렁물렁한)'를 부르고 '무mou'의 기의인 '물렁물렁함'은 '빠져들어 간다enlise'는 이미지로 연결된다. 또한 '빠져들어 간다'는 단어 '앙리즈enlise'는 유사한 발음을 지닌 단어 '엘리즈Élise'로 이어진다.

단어들이 의미를 잃기 시작하고 의미를 잃은 단어들은 부서져서 「대머리 여가수」의 마지막처럼 음절이나 모음 혹은 자음만 남게 된다. 결국 「의자」의 마지막 장면의 소음들과 「코뿔소」에서의 동물 울음소리가 가능한 언어가 되고 소음, 야옹소리, 동물 울음소리가 언어가 된다. 단어들은 의미의 기능을 잃어버린다. 소리만 남는다. 「아메데 혹은 어떻게 거기서 벗어나지?」에서 '알리뒬레Alidulé'는 마들렌과 아메데 사이의 불가능한 대화를 나타내는 외침으로 '아뒬레', '아메데', '아시뒬레', '마들렌' 등으로 나타난다. 「자크 혹은 순종」에서 포옹하고 있는 자크와 로베르트에게는 모든 것이 '고양이'다.

> **로베르트 Ⅱ** 사물들을 지칭하기 위한 단 한 단어, 고양이. 고양이들은 고양이로, 양식도 고양이, 벌레도 고양이, 의자도 고양이, 너도 고양이, 나도 고양이, 지붕도 고양이, 숫자 1도 고양이, 숫자 2도 고양이, 3도 고양이, 20도 고양이, 30도 고양이, 모든 부사들도 고양이, 모든 절들도 고양이.

말하기는 쉬워지나 인물들 사이의 소통은 더 이상 존재하지 않는다. 이 행선지 없는 언어가 통제할 수 없이 증식된다. 철학자, 비평가들의 전문 용어들이 범람하고, 단어는 또 다른 변종 단어를 낳는다. 「대머리 여가수」의 소방대장의 이야기, 「수업」에서의 교수 강의, 베랑제의 선언, 단어들이 흘러서 무대와 방에 흘러넘치고 공간을 점령한다. 그렇지만 이 언어는 '아무것도 의미하는 바가 없는', 그저 소음일 뿐이다. 즉 사고를 표현하지 않는 수다스러운 표현일 뿐이다.

이 빈 언어는 사고의 부재를 보여 주는 수다스러운 표현이다. 이 언어가 우리에게 밝혀 주는 것은 그 본질과 동시에 그 사회적 기능이다. 상투적인 말을 한다는 것은 의미가 배제된, 순전히 형식적인 언어를 수용한다는 것이다. 그것은 「자크 혹은 순종」의 가족처럼 연대성을 세울 수 없는 공동체에 합류되는 것을 의미한다. 그곳은 '베이컨을 곁들인 감자'를 사랑해야 한다고 말해야 하는 사회이다. 그들의 언어는 단순히 소리를 내는 물질일 뿐이다. 이 언어들이 이오네스코가 대부분의 작품에서 고발하고 있는 프티 부르주아의 언어다. 이 비어 있는 언어는 사회적 기능을 지닌 언어이며 진실이 없는 공허하고 형식적인 언어일 뿐이다. 이렇게 그는 언어의 파괴를 통하여 언어의 현주소를 보여 주고 있다. 삶이 물질에 종속되고 사고가 본질로부터 비워지게 될 때 대화나 소통은 불가능하고 병적 다변증만 존재할 뿐이다. 그들이 의미 없는 수다만 늘어놓는 이유는 할 말이 없기 때문이고 독창적인 생각도, 감정도, 진정한 실존도 없기 때문이다.

줄거리의 조롱, 정체성 없는 인물들, 언어의 해체가 '반反연극'을 규정하는 요소들이다. 그렇지만 실존적 갈등을 내포하고 있는 극적 진행, 대립의 역동성에 근거하는 심리분석, 행동과 행동하는 자의 '아리스토텔레스적이 아닌 논리', 의사소통의 코드라기보다는 현실 탐사의 방식인 언어, 공연의 모든 형태에 열려 있는 연출 등은 '신연극'에 관해 말하도록 한다. 옛 형태들이 비판받고 새로운 형태가 성립된다. 새로운 극작법이 성립된 것이다.

2
초현실의 탐사와 이미지 연극

1) 현실과 무의식의 겹침

이오네스코의 글쓰기는 대부분 직감에 바탕을 두고 있다. 그는 자신의 작업 방식을 다음과 같이 묘사한다.

작품을 쓰는 일은 정말 힘들다. 그것은 엄청난 육체적 긴장을 요한다. … 그러나 종이 위에 쓰지만 않는다면 작품 한 편 꾸미기는 그다지 어렵지 않다. 소파에 몸을 쭉 펴고 누워 비몽사몽

한 가운데 하나의 작품을 머릿속에 그려 보고 상상의 나래를 펼치면 된다. 움직이지도, 통제하지도 않고 그대로 내버려 두면 된다. 어디서 왔는지 알 수 없는 한 인물이 떠오르면 그 인물이 또 다른 인물을 불러낸다. 첫 번째 인물이 말하기 시작하면 첫 번째 대답이 주어지고 첫 번째 짝짜꿍이 시작되면 그 다음은 자동적으로 따라 나온다. 그냥 가만히 귀를 기울이고 내면의 스크린 위에서 일어나는 것을 들여다보면 된다.

— 「악령」* 서문

이오네스코에게 '자발성'은 창작의 주요 요소이다. '수면'과 '깨어 있음'의 중간 지점에서 '상상하고' '꿈꾸는 것', '수동적인' 상태에서 '내면의 스크린에 지나가는 것'을 바라보고 듣는 것이 모두 초현실주의 창작 방식을 엿보게 한다. 브르통은 『초현실주의 선언』에서 초현실주의를 "심리적 자동현상으로 그것을 통해 말로든, 글로든, 또 다른 방법으로든 사고의 실질적 기능을 표현하고자 하는 것", "어떤 미학적, 도덕적 선입견 없

---

* 도스토옙스키의 소설 『악령』을 아카키아 비알라(Akakia Viala)와 니콜라 바타이유가 개작함. 이 오네스코의 서문.

이 이성에 의해 행해지는 어떤 통제도 배제한 사고의 받아쓰기"로 규정하고 초현실주의 글쓰기 방법에 대해 다음과 같이 언급한다.

> 가능한 한 당신 자신에게 정신을 집중하기 좋은 장소에 자리를 잡은 다음 쓸 것을 가져오십시오. 당신 자신을 최대한 수동적이고 수용적인 상태에 두십시오. … 미리 정해 놓은 주제 없이 쓴 것을 다시 읽고 싶은 유혹을 느끼지 않도록 빨리 쓰십시오. 첫 번째 문장이 저절로 떠오를 것입니다.
>
> — 브르통, 『초현실주의 선언』

자신을 가능한 한 수용적인 상태에 두고 무의식 상태에서 떠오르는 것을 받아쓰는 글쓰기 방식뿐 아니라 작품이 추구하는 목표에 있어서도 초현실주의와 유사한 부분이 많다. 이오네스코가 사실주의에 입각한 글쓰기에 반대한 이유는 사실적인 인물이나 사실성에 바탕을 둔 줄거리 변화는 인간의 표면적 차원만 보여 줄 뿐, 인간의 근본적인 차원인 깊이를 보여 주지 못한다고 생각했기 때문이다. 그래서 그는 기존의 사회적 틀에 갇혀 있는 인물들을 조롱하고 그들의 상투적인 언어와 기계적 행동으로 나타나는 틀에 박힌 사고와 행동에 비판을 가한다. 또한 교육, 가족, 직업, 단체 가운데 인간관계에서 인간을 구속하는 합리적인 논리의 규범들을 거부하며 우리 사회가 기초하고 있는 가치 체계에 문제를 제기한다.

이오네스코는 '진실한' 인간은 그 깊이에 있다고 생각한다. 그의 목표는, 행동과 사고의 근원인 동시에 모든 개인의 공통된 심리적 현실인 잠재의식을 탐구하는 것이다. '삶을 변화시키기' 위해서, 존재가 진실하게 '시적'이 되기 위해서는 잠재의식의 역동성 속에서 존재의 혁신을 구하는 것이 중요하다. 브르통도 『초현실주의 선언』에서 동일한 말을 하고 있다. 이오네스코는 브르통에 대해 다음과 같이 평가한다.

그는 모순이 아니라 역설 속에 살았다. 이 '비이성적인 것'의 이론가는 이성을 풍부하게 만들고, 심화하고, 확장했다. 그래서 비이성적인 것이 의식을 통해 탐색되고 통합될 수 있는 이성의 숨겨진 면으로 나타나게 되었다.

— 『과거의 현재 현재의 과거』

252

잠재의식 영역의 탐색은 정신분석학과 프로이트와 융의 방법론에서 영향을 받아 문학에 적용한 것으로 이오네스코가 자신의 연극에서 실현하고자 하는 점이다. 이 점에서 그의 연극은 역사적으로건 철학적으로건 자리, 아폴리네르, 비트락의 추구와 떨어져 있지 않다.

이오네스코는 '무대 위에 내면세계를 투영하고' 그 감추어진 의식의 잠재적인 힘을 드러내기 위해 현실과 잠재의식의 이중적 겹침을 이용하고 있다. 사실상 그의 모든 작품은 일상적 현실에 닻을 내리고 있다. 작품 시작에 모든 무대 지시는 사실적 무대 장치를 보여 준다. 「대머리 여가수」의 영국 부르주아의 실내, 「수업」의 교수의 서재, 「코뿔소」의 가게와 카페가 있는 시골 작은 마을 광장, 「자크 혹은 순종」의 어질러진 방, 「의자」의 장식물이 없는 방, 「의무의 희생자」의 프티 부르주아의 실내, 「아메데 혹은 어떻게 거기서 벗어나지?」의 조촐한 식당–살롱–사무실, 「새 세입자」의 가구가 없는 빈방, 「알마의 즉흥극」의 큰 책상이 있는 큰 방, 「공중 보행자」의 영국식 집 등이다. 이런 무대를 중심으로 두 중년부부의 음식과 이웃에 관한 일상적 대화, 노부부의 과거 회상, 특별과외를 받

으러 교수를 찾아간 학생 사이의 대화, 희곡을 부탁하러 찾아
간 비평가와 작가의 대화, 친구들 사이의 일상적 대화가 이루
어진다. 그것은 우리에게 친밀한 일상의 풍경이다.

　이런 일상적 장면들 속에 금방 그로테스크한 모습이 자리
잡기 시작한다. 같은 집에서 살고 있는 부부가 서로를 알아보
지 못하고, 마치 유령드라마처럼 보이지 않는 참석자들을 위
해 빈 의자들이 무대에 쌓인다. 아파트 안에서 시체가 점점
커지고 버섯이 자라나며, 「새 세입자」의 가구는 지하와 지상
과 강을 마비시킬 정도로 늘어나 무덤처럼 인물을 가둔다. 머
리 없는 스승, 남성인 처녀, 코가 두 개인 인물, 알을 낳는 로
베르트, 공중으로 날아오르는 아메데와 베랑제, 고양이 소리
를 내고 '짐승들의 소리를 질러대는' 인물들, 코가 세 개인 약
혼자, 코뿔소로 변신하는 인물들 등으로 작품은 기이하고 낯
설며 악몽의 분위기로 변한다.

　초현실적 오브제들이 작품에 환상적 분위기를 배가시킨다.
「대머리 여가수」에서 괘종시계는 9시에 열일곱 번 울리고,
「아메데 혹은 어떻게 거기서 벗어나지?」에서 추시계는 한 시
간 반 공연 동안 침들이 12시간 앞서간다. 「새 세입자」에서의

거대한 괘종시계는 지나가는 시간의 악몽이다. 연극에서 시간성이 붕괴된다. 오브제는 혼자서 축적되고 증식된다. 「무보수 살인자」에서 살인자 주머니에는 수많은 작은 상자들이 포개져 있고, 「새 세입자」에서 가구는 운반업자들에 의해 운반되다가 급기야는 혼자서 무대로 들어온다. 오브제들의 활동으로 인해 인간 생명의 공간이 줄어드는 것도 이오네스코 연극의 전형적 요소로 나타난다. 빈 의자들과 가구 등 일상적 오브제들이 무대에 자리를 잡고 축적될 때 인간은 더욱 멀리 밀려나거나 감금된다. 물건이 인간을 위협적으로 공격한다. 일상적으로 시작된 무대는 기이하고 그로테스크한 상황의 출현과 더불어 작품의 의미가 '사실적인' 요소들에 있지 않음을 암시한다.

2) 이미지의 환상성

이오네스코 작품에 의미를 주는 것은 풍부한 이미지와 그것이 야기하는 환상성이다. 그는 작품을 쓰기 시작할 때 하나의 강력한 이미지에 사로잡힌다.

이오네스코 주제가 뭐냐고요? … 그건 대사와 연기와 무대 이미지 안에 모두 들어 있어요. 그건 언제나 시각적이죠 … 나에게 창작의 메커니즘을 열어 주는 것은 하나의 이미지고 첫 대사예요. 그 다음 나는 내 인물을 따라갑니다.

―「알마의 즉흥극」

이오네스코는 여러 차례에 걸쳐 자신의 작품들이 어린 시절의 경험을 바탕으로 하고 있다고 말한다. 그는 『노트와 반노트』에서 어린 시절의 두 경험과 그것이 세계에 대해 준 이미지를 이야기한다. 어린 시절 파리 보지라르 광장 근처에 살 때 불이 켜지지 않은 어두운 거리가 무서워 어머니와 손을 잡고 집을 향해 달려갔던 기억과 보도 위에서 발걸음을 재촉하던 사람들의 그 어두운 실루엣들은 '유령의 그림자'처럼 그의 기억에 남는다. 그는 그 거리의 이미지가 그의 "기억 속에서 다시 살아날 때, 이미 죽은 사람들을 생각할 때 모든 것이 그림자처럼 보인다"(『노트와 반노트』)고 말한다. 또 하나의 기억은 한 젊은 남자와 노인에 대한 기억이다.

내 두 번째 나라에 도착했을 때 크고 힘센 젊은 남자 하나가 노인에게 달려들어서 주먹질과 발길질을 하는 것을 보았다.

— 『노트와 반노트』

이오네스코는 이 어린 시절의 두 기억이 그에게 세계에 대한 두 개의 다른 이미지를 주었다고 말한다.

그걸 통해 소멸과 냉혹함, 공허함과 분노, 무無와 끔찍하고 무용한 증오라는 세상에 대한 두 개의 이미지를 갖게 되었다. 실존은 나에게 계속 그렇게 나타났다. 모든 것이 내가 어린 시절 보고 이해했던 것을 확인시켜 줄 따름이었다. 의미 없는 비열한 분노, 침묵에 숨 막힌 갑작스러운 비명, 영원히 밤이 삼켜 버리는 그림자들. 다른 얘기를 할 게 뭐 있겠는가?

— 『노트와 반노트』

그의 작품에 등장하는 전체주의 체제나 젊은 군인을 때리고 노인을 밀치는 경찰은 어린 시절 기억 속에 각인된 이미지들의 발현이다. 뤽상부르 공원에서 인형극에 매료되었던 기억들도 그 '기이하고 사실임 직하지 않은', 그렇지만 '사실보다 더 사실적인' 기이한 세상에 대한 이미지를 준다.

> 인형극 공연에서 말하고 움직이고 서로 때리는 인형들의 모습에 넋이 나가 꼼짝할 수가 없었다. 그것은 기이하고 사실임 직하지 않지만 사실보다 더 사실적인 세상의 풍경이었다. 그것은 그로테스크하고 난폭한 진실을 무한히 단순한 형태로 보여 주는 것 같았다. … 나는 세상이 기이하다는 감정을 가졌고 그 감정은 깊이 뿌리박혀 나를 떠나지 않았다.
>
> ─『노트와 반노트』

그 감정은 그의 기억 깊은 곳을 형성하고 수많은 이미지들로 표현된다. 어린 시절의 추억들은 시간 속에서 빠져나와 새로운 환상적 이미지들을 낳기도 한다. 추억을 통한 사실성과 그들의 축적과 변형을 통한 환상이 혼합되기도 한다.

이오네스코는 먼저 이미지가 떠오르고 그 다음에 그 이미지의 의미를 생각한다고 말한다.

글을 쓸 때 나는 논증적 사고나 대낮의 의식이 끼어들지 않도록 노력해요. 최대한 이미지들이 솟아나도록 내버려 두죠. … 예를 들자면, 「의자」를 쓰면서 처음에는 의자의 이미지, 그 다음에는 빈 무대 위에 엄청난 속력으로 의자를 나르는 인물의 이미지를 가졌어요.

— 『삶과 꿈 사이에서』

'의자', '빈 무대 위에 엄청난 속력으로 의자를 나르는 인물의 이미지'를 가졌을 때 그는 그것이 의미하는 바를 처음에는 몰랐다고 말한다. 그는 의자의 의미를 이해하기 위해 노력했고 마침내 그것이 '부재·공허·무無'라고 확인하게 되었다고 밝힌다. 처음에 이미지가 있고 이야기는 이미지를 보충해 주는 역할을 한다. 추억, 꿈, 이미지가 주로 작품의 출발점이 된다. 「아메데 혹은 어떻게 거기서 벗어나지?」에서는 이오네스코가 살았던 '집의 긴 복도에 펼쳐져 있는 시체에 대한 꿈'(『삶과 꿈 사이에서』)이 출발점이 되었다.

그 작품(「아메데 혹은 어떻게 거기서 벗어나지?」)을 설명해 주는 근본적인 요소는 시체이다. 나머지는 주변적 이야기일 뿐이다.

― 『삶과 꿈 사이에서』

「자크 혹은 순종」에서는 여러 개의 꿈, '불붙어서 뛰는 종마'
와 '인도 돼지의 꿈'이, 「공중 보행자」에서는 '나는 꿈'이, 「갈
증과 허기」에서는 가족 가운데 죽은 사람으로 자신의 꿈에 나
타났던 사람에 대한 꿈인 '불길 속에 있는 여자', 자주 꾸는 꿈
인 '지하실', '집이 매몰되는 꿈' 등 몽환적 이미지들이 그의 작
품의 출발점이 되고 있다.

그는 자연스럽게 솟아오르는 상상만이 인간에 대한 인식을
넓혀 주고 인간의 심리적 현실을 밝혀 줄 수 있다고 믿는다.
이오네스코는 관객을 일상과 관습, 즉 현실로부터 빼내기 위
해서는 감정적 쇼크를 줄 수 있어야 한다고 생각한다. 그래서
일상이 낯설 정도로 극단적인 절정으로 밀어붙여지며 극적
효과가 확대된다. 몽환적인 '이미지'는 자주 그 자체로 증식과
축적의 대상이 되고, 그 이미지가 내포하는 갈등이 드라마를
만든다.

3) 물질의 증식과 가속화

이오네스코 작품에서 사물은 은밀하게 일상을 침투하고, 공격하고, 함정을 만들고, 모든 것을 파괴한다. 모든 것을 파괴하는 무생물에 대한 비전은 그의 연극의 가장 희극적이면서도 가장 잔혹한 측면들 중 하나이다. 추시계의 울림이 '보비 왓슨'처럼 무한히 늘어나고, 교수의 강의에서 신스페인어의 다양한 변용이 무한히 증가된다. 「의자」에서는 의자들이나 보이지 않는 손님들이, 「의무의 희생자」에서는 커피 잔이, 「아메데 혹은 어떻게 거기서 벗어나지?」에서는 시체가, 「알마의 즉흥극」에서는 비평가들이, 「무보수 살인자」에서는 에두와르의 가방에 들어 있는 옷들이, 「새 세입자」에서는 가구들이 늘어난다.

진행은 처음에는 느리고, 규칙적으로, 그 다음에는 가속화하며 기하학적 진행을 보여 준다. 「아메데 혹은 어떻게 거기서 벗어나지?」에서의 시체의 불어남, 「미래는 알 속에 있다」에서의 품어야 할 알들의 생산, 「새 세입자」에서의 가구의 도착, 「의자」에서의 대화의 반복, 「수업」에서의 교수의 신경질적인 화와 착란, 「코뿔소」에서의 코뿔소들의 증가도 처음에는 느리고 규칙적이다가 점진적으로 증가와 축적이 빨라지며 광적인 빠르기에 이르게 된다. 그때가 되면 모든 것은 고장 난 기계처럼 통제가 불가능해진다. 가속화는 늘 두 배로 누적되어 사물 수의 증가와 빠르기에 적용된다.

　　가속화와 증식은 나의 리듬, 나의 비전에 속해요.

―『삶과 꿈 사이에서』

　「대머리 여가수」에서 「코뿔소」에 이르기까지 이러한 극 행동의 점진적 밀도 강화는 이오네스코 작품의 형태를 규정짓는 특성이다.
　베케트와 아다모프 작품들에서는 형태가 순환적 구성을 보여 주는 작품이 많다. 순환적 구성이란 작품이 처음 상황이나 그와 유사한 상황으로 끝맺음으로써 진행되는 극 행동이 아무런 일이 일어나지 않은 것과 별반 차이가 없는 제로 지점으로 회귀하는 것을 말한다. 「대머리 여가수」와 「수업」은 스미스 부부의 대화를 마틴 부부가 바꿔서 작품을 다시 시작하고 새로운 학생이 새로운 수업을 위해 도착함으로써 순환적 구성의 형태를 보여 준다. 그렇지만 「대머리 여가수」의 경우 이러한 결말은 갑자기 떠오른 것이고 처음에는 관객에게 직접적으로 공격함으로써 마지막 장면을 대혼란의 절정으로 끝내려는 의도를 가지고 있었다. 「수업」으로 말하자면 41번째의 학생도 40번째의 학생과 마찬가지로 어쩔 수 없이 새로운 정점에서 더욱 난폭한 광기로 죽임당하리라는 것을 알고 있다. 대부분의 이오네스코 작품은 가속화가 절정에 이르렀을 때 끝난다. 우리는 「자크 혹은 순종」의 마지막 장면의 외설적인 광란, 「새 세입자」에서의 가구들과 「의자」에서의 빈 의자들의 급속한 증가, 「코뿔소」에서의 변신의 증가 등에서 가속화와 그 축적의 예를 볼 수 있다.

보통 이야기에서 정점은 문제의 마지막 해결로 연결되는 데 비해 이오네스코는 작품에서 심리적 긴장을 점진적으로 강화해 나가는 데 중요성을 둔다. 이러한 결과를 얻기 위해 이오네스코는 말뿐 아니라 다른 무대 요소들도 적극적으로 활용해야 한다고 말한다.

연극에는 모든 것이 허용된다. 등장인물들을 형상화할 수도 있고, 고뇌나 내적 존재들을 물질화할 수도 있다. 그래서 소도구들을 활동하게 하고, 오브제를 살아 움직이게 하고, 무대 장치를 활성화하고, 상징을 구체화하는 것이 허용될 뿐만 아니라 권장된다. 말이 충분한 역할을 하지 못하는 순간에는 몸짓, 연기, 팬터마임이 말을 대신한다. 무대의 물질적 요소들이 말을 강화할 수 있다.

— 「노트와 반노트」

이오네스코 작품은 강화, 가속화, 축적을 통해 절정으로 밀쳐진 이상 증식의 리듬을 보여 준다. 그의 연극은 광적으로 속도에 박차를 가하고 인물들의 감정을 터질 때까지 이끌고 감으로써 가속화의 절정에서 결말이 이루어지게 된다. 초기 작품에서는 언어도 점진적인 격앙에 이르는 도구가 된다. 언어가 의미를 포함하는 것이 불가능해지면서 파열되고, 파괴되며 극단적 경계에까지 밀어붙여진다.

「대머리 여가수」에서 언어가 단어로, 음절로, 알파벳으로 쪼개질 때 "벽시계를 치는 소리도 더욱 신경질적이 된다. … 적의와 흥분이 증가하여 간다." 스미스 부부와 마틴 부부가

'그', '쪽', '아', '냐', '이', '쪽', '이', '야'를 외치면서 "모두 광분의 절정에서 서로의 귀에다 대고 으르렁거린다. 빛이 꺼지고 어둠 속에서 그 대사는 점점 빠른 리듬으로 들린다." 「수업」에서는 처음에는 어색하고 수줍어하던 교수가 언어학 수업과 더불어 점점 위협적이고 과격해지며 급기야 칼을 휘두르게 된다. 「의자」의 노부부는 초대한 손님을 위해 의자를 나르며 급기야 무대를 가득 채운 의자들 사이에서 꼼짝달싹할 수 없게 되고, 「코뿔소」는 사람들이 하나둘 코뿔소로 변해 가다가 급기야 코뿔소의 울음소리가 무대를 뒤덮는 카오스적 상태에 이르게 된다. 「의무의 희생자」에서 수사관은 슈베르를 괴롭히고 수사관을 죽인 니콜라는 수사관의 뒤를 이어 슈베르에게 "씹어, 삼켜"라고 폭력적인 강요를 더해 간다. 마지막엔 마들렌과 말 없이 앉아 있던 부인이 합세하여 「대머리 여가수」의 마지막 장면을 연상케 하는 격렬한 리듬으로 슈베르에게 삼키고 씹으라는 명령을 내린다. 「새 세입자」에서는 이삿짐 운송업자들이 가구들을 하나하나 무대에 옮겨 놓으면서 급기야 가구들이 무대를 점령해서 주인공을 꼼짝 못하게 가두게 되고, 「아메데 혹은 어떻게 거기서 벗어나지?」에서 점점 커지

는 시체와 악몽 같은 상황은 점점 더 주인공과 관객을 질식의
상황으로 몰고 간다.

이오네스코는 자신의 극 진행 방향을 "모든 것은 완전한 질
식에 이를 때까지 계속 진행될 것이다. 시체는 공간이 부족해
서 더 이상 자랄 수 없을 때까지 증식된다. 아무런 해결책이
없다. 이러한 모순 속에서 희곡은 점점 숨이 막히는 것을 느
끼게 할 것이다"라고 밝힌다. 이러한 리듬의 점진적인 강화는
이오네스코 연극에 강압적이고 비극적이며 잔혹한 느낌을 준
다. 이런 점에서 그의 연극은 초현실주의 작가이자 연출가인
앙토넹 아르토의 잔혹연극의 일면을 보여 준다.

효과를 확대하는 것이 연극의 가치를 높이는 것이라면 이 효과
를 더욱 확대하고 강조하고 최대한 과장해야 한다. … 참을 수
없는 경지까지, 발작의 경지까지 끌고 가야 한다. … 연극은 폭
력적이어야 한다. 폭력적으로 희극적이며, 폭력적으로 극적이
어야 한다.

— 『노트와 반노트』

그는 전통 극작법, 삼단 논법처럼 구성된 '논리에 맞는 작품', '잘 짜인 극'보다는 이미지의 증식, 축적, 가속화, 절정에 이르는 리듬을 통해 '서사성'보다는 '극적' 가치에 더 많은 중요성을 두고 있음을 보여 준다.

나는 이야기를 들려주고자 희곡을 쓰지 않는다. 연극은 서사적이 아닐 수 있다. … 왜냐하면 극적이기 때문이다. 소설이나 영화면 모를까 희곡은 이야기 진행을 묘사하는 데 중요성이 있지 않다. 희곡은 일련의 의식 상태나 상황으로 구성된 구조물로서, 강화되고 응축되고 얽히다가 해결에 이르거나 또는 참을 수 없이 뒤얽혀버림으로 끝난다.

— 『노트와 반노트』

그의 연극은 극 행동이 시작되어 인물들의 갈등 관계가 복잡하게 뒤얽히다가 해결점에 이르게 되는 연극이 아니라 참을 수 없고 출구도 없는 인간의 실존과 그 갈등 상황에 연결되어 있다. 전통 미학에 충실한 카뮈와 사르트르는 논리적인 언어와 역사적 신화를 통해서 '부조리'를 이야기했다. 반대로,

이오네스코는 말의 파탄, 일관성 없는 이미지, 무의식적 환영, 몽환적 이야기 등 새로운 형태를 통해 의미를 만들어 낸다. 그는 감춰진 무의식의 충동적이고 잠재된 힘을 끌어내고 그걸 통해 우리로 하여금 우리 자신의 꿈으로 다가가게 만든다. 이오네스코는 자신의 연극을 "무대에 내적 세계를 투영하는 것"(『노트와 반노트』)이라고 정의한다.

3

연극과 실존 – 형이상학적 연극

이오네스코는 인간 조건을 하나의 영역에 한정시키는 것을 거부해 왔다. 그의 연극이 강박 관념과 잠재의식 세계의 탐사를 보여 주고 있지만 이오네스코의 연극을 단순한 악몽의 구체화라고 여기는 것은 그의 연극을 부당하게 축소시키고 편협하게 만드는 것이다. 두세 개의 코에 9개의 손가락을 가졌거나, 머리가 없거나, 개의 머리에 당나귀 귀를 가졌거나, 눈이 하나인 초현실적인 인물들과 초현실적 오브제들은 인간 심리의 어두운 영역을 통해 인간을 정의하기 위해서가 아니라 그 총체성 속에서 인간 조건에 대해 감지할 수 있는 이미지를 보충하기 위해 사용되고 옮겨지고 배치된 내적 세계의 요소들이다. 그래서 그 초현실적 분위기에도 불구하고 그의 연극은 일상적 실존과 강하게 연결되어 있다. 그의 연극은 '고백이며 고해성사이고' '내적 드라마를 무대에 투영'하는, 즉 개인의 내면적 탐구이지만 그것은 또한 한 시대의 의식과 시대에 대한 강렬한 풍자를 담고 있다.

이오네스코의 삶은 반항으로 점철된다. 젊은 시절 두 나라, 두 언어, 이혼한 두 부모 사이에서 받은 깊은 상처는 동시대인들의 이데올로기적 눈멂에 대한 의식과 역사를 통해 되살아난다. 일찍이 극우를 향해 방향을 돌린 아버지에 대해 반항하며 루마니아에서는 체제에 반대하는 불량소년으로 지내고 파시스트당에 참여한 친구들의 압력에 반대하며 그들로부터 고립된다. 그는 「코뿔소」의 베랑제처럼 외로움을 겪으며 자신도 극단주의에 빠져들까 두려워한다. 일찍이 비평적이고 풍자적인 정신으로 『거부』를 발표하며 사실주의적이고 심리적인 문학과 반대에 선다.

그의 모든 연극은 정치적이고 문학적인 이중적 반항을 보여 준다. '반反연극'을 쓰며 사실주의 연극과 참여 연극을 거부하고, 그에게 문체를 강요하고 그를 문학의 전통 속에 가두려고 하는 문학 비평들에 대항해 싸운다. 그는 비전과 지성을 제한하는 모든 이데올로기를 거부하고 1950~1960년대 한창 열광을 받으며 스탈린 범죄의 현실과 강제노동수용소를 외면한 프랑스 좌익 지성인들의 악의에 분노한다. 그는 또한 극우의 폭정이 극좌의 폭정이 될 수 있다는 것을 보여 주기도 했다.

그는 자신의 독립성과 자유를 추구한 반항인이다. 아방가르드 작가로 모든 시대의 인간을 사로잡고 있는 근본적인 질문들인 고독, 병, 고통, 늙음과 고통스러운 죽음, 즉 인간 조건에 대해 끝없이 질문을 던진다. 그렇지만 그것은 이해할 수 없는 것에 대한 새로운 반항의 원인이 된다. 늘 꿈과 환상에서 끌어낸 정신적 이미지에 사로잡혔던 그는 연극의 시각적 측면에 관심을 기울였고, 말년에는 붓끝으로 영혼에 말을 걸 수 있고 정신을 일깨울 수 있는 색깔의 특징과 형태를 찾기 위해 그림에 몰두한다. 그림, 추상 미술은 그의 평생 글쓰기에 대한 도전이며 반항이 된다.

그의 연극은 이러한 평생의 반항과 추구에 대한 "고백이고 고해성사이다"(『노트와 반노트』). 그는 독재가 각인시킨 모든 사람들의 분열된 의식, 인간성의 가치가 붕괴되고 자유가 사라진 세계, 혼돈에 빠진 세계의 부조리함과 절망적인 인간 조건을 뼈저리게 느꼈으며 작품에서 그 혼돈으로 가득 찬 세계의 부조리성과 그 앞에서의 절망적인 인간의 고통을 그린다. 「공중 보행자」에서 베랑제는 기자에게 "우리는 끔찍한 악몽 속에서 살고"있으며 "문학이 삶과 똑같아지려면 천 배나 더 잔혹하고 더 끔찍해야 한다"(『공중 보행자』)라고 말한다. 그가 그리는 세계는 사디즘과 폭력이 지배하는 세계다. 타인과의 인간관계에는 사디즘과 폭력이 지배하고(「수업」, 「의무의 희생자」), 사회와 이데올로기의 폭력 아래 강자는 약자를 이용하고 단체는 개인을 억압하며 가족의 전통은 폭력적이다(「자크 혹은 순종」, 「코뿔소」, 「갈증과 허기」).

이오네스코 작품의 근저에는 인간 조건의 비극성 앞에서의 고통이 자리하고 있다. 인간은 선과 악의 모순된 힘에 사로잡혀 있고 반대적 힘에 짓눌린 채 괴롭힘을 당하고 있다. 주인공은 가족, 사회, 이데올로기, 죽음에 맞서서 반항하고 싸운다. 그들의 반항은 언제나 실존에 대한 형이상학적 반항이다. 「자크 혹은 순종」에서 자크의 반항은 가부장적 아버지와 가족에 대한 반항으로 국한되지 않는다. 그가 스스로 낙원으로부터 추방되었고 죽음을 피할 수 없는 존재라는 것을 이해하면서부터 그의 실존적 고통과 반항이 시작된다. 그는 이러한 실존적 상황을 수용할 수가 없다. 그가 이 유한한 세계에 포로가 되었다고 느끼고 세계가 주는 명예, 미학적 감동, 자연의 아름다움까지도 그의 삶에 의미를 주지 못한다. 그가 인간 조건에 던지는 시선은 음울하고, 그의 뿌리 깊은 부조리의 감정은 카뮈의 『반항인 L'Homme révolté』의 것과 유사하다.

악의 존재 앞에서 그가 느끼는 고통과 부조리의 감정은 1960년대 이후 이오네스코의 대변인이라고 할 수 있는 베랑제 시리즈 작품들 「무보수 살인자」, 「코뿔소」, 「왕이 죽어 가다」, 「공중 보행자」에서 더욱 분명하게 표현된다. 그는 이 네 편의 작품에서 악을 이중적 차원, 즉 정치와 형이상학적인 차원에서 탐색하고 「자크 혹은 순종」에서 그랬듯이 형이상학적 불안을 표현한다. 주인공 베랑제는 「무보수 살인자」에서는 도시를 황폐하게 만드는 신비한 짐승에 맞서는 무모한 사람으로, 「코뿔소」에서는 무리에 합류하기를 거부하는 개인주의자로, 「왕이 죽어 가다」에서는 죽음에 맞서서 싸우는 인물로 등장한다. 어떻게 신은 사탄이 창조의 작품을 부패시키도록 내버려 둘 수 있을까? 어떻게 위대한 건축가가 이렇게 카오스적인 작품을 만들 수 있을까? 이오네스코에게 있어서 세계는 그 창조의 단계에서 부패되었다. 그래서 모든 새로운 탄생은 악의 씨앗을 가지고 있다. 자크(「자크 혹은 순종」)에게 번식은 악성 종양일 뿐이다. 자크는 결혼을 거부한다. 이렇듯 이오네스코의 인물들을 내면적으로 들여다보면 모두 자신의 실존적 아픔을 지니고 살아가는 인물들이다.

> 아니, 난 어떤 순간에도 이 불행과 죽음의 세계에서 편안함을 느낄 수가 없었어. 이 세계를 위해 난 아무것도 할 수 있는 것이 없다는 느낌을 가졌어. 모든 행위는 악순환이야.
>
> —「단편일기」

그가 보는 세계는 고독의 세계다. 타인과의 소통은 불가능하다. 결코 개인은 다른 사람을 이해하지도 다른 사람으로부터 이해받지도 못한다. 교수와 학생은 소통에 이르지 못하고 부부는 결혼하고 아이를 낳고 살아도 서로를 알아보지 못한다. 친구끼리는 소통이 되지 않고 지속적인 사랑은 불가능하다. 부부 관계는 터무니없고 커플은 오래가지 않으며 관계는 에로티시즘으로 전락하거나(「자크 혹은 순종」) 또는 지옥 같은 결합으로 전락한다(「의무의 희생자」, 「아메데 혹은 어떻게 거기서 벗어나지?」, 「갈증과 허기」). 인물들은 지나치게 많은 말을 나누지만 마지막 말은 주인공의 긴 독백이다. 세상의 악과 싸우는 「무보수 살인자」의 베랑제는 살인자의 행동을 이해하기 위해 그에게 많은 말을 시켜 보지만 살인자는 어깨를 으쓱하거나 냉소만 던진다. 사람들 사이에 의사소통은 불가능하다. 나와 사회의 갈등이든(「무보수 살인자」, 「코뿔소」), 나와 나의 갈등이든(「공중보행자」, 「왕이 죽어 가다」) 갈등에서 인간은 외롭게 남는다.

사랑과 우정은 불가능하다. 아메데는 '사랑이 모든 것을 해결해 주고 삶을 바꾸어 줄' 것이라고 믿고, 「코뿔소」의 베랑제는 사랑하는 데이지 덕분에 '더 이상의 고통은 없을 것'이라고 생각하고, 「왕이 죽어 가다」의 마리는 "사랑은 열정이에요. 당신이 열정적 사랑을 가지고 맹목적이고 절대적인 사랑을 하시면 죽음은 사라져요"라고 하며 사랑만이 죽음의 고통으로부터 벗어나게 해 주리라고 생각한다. 그렇지만 아메데는 돌아오라는 부인의 부름에도 공중으로 날아오르고, 데이지는 코뿔소를 따라 떠난다. 「코뿔소」에서 베랑제의 친구는 누구보다 먼저 "우정은 존재하지 않아 …"라고 하며 코뿔소가 된다. 그들은 모두 주인공을 버린다. 「무보수 살인자」와 「코뿔소」에서는 친구가 반대자인 살인자와 코뿔소를 돕는다. 에두와르는 살인자의 존재에 무관심해서 친구 베랑제에게 충격을 주고, 건축가와 피프 어멈처럼 살인자에게 연결되어 있다. 그들에게는 한 명의 친구도 남지 않는다. 다른 사람들의 동반과 사랑을 원하면서도 주인공은 각 인간이 혼자 수용해야 하는 죽음과 늙음 앞에 직면하게 될 때까지 혼자 외롭게 산다. 모두 다른 사람들로부터 멀리 떨어져 산다.

모든 인물은 고독에 처한다. 「대머리 여가수」의 두 부부는 역할을 바꾸어 의미 없는 일상을 반복하고, 「코뿔소」의 베랑제는 '마지막 인간'으로서 홀로 무대에 남고, 「무보수 살인자」

의 베랑제는 그를 향해 칼을 드는 살인자 앞에 홀로 남는다. 「공중 보행자」의 베랑제는 여행에서 녹초가 되고, 사회에 붙잡혀 초주검이 되어 땅으로 돌아온다. 땅에도 하늘에도 기쁨이 없다. 「왕이 죽어 가다」의 마지막 장면에서 회색빛 속에 왕좌에 앉아 있는 왕 이외에는 무대에 아무도 없다. 다른 인물들은 무대를 떠났고 우리는 창문과 문과 벽과 왕좌 방이 점진적으로 사라지는 것을 보게 된다. 죽어 가는 자에게는 자신의 끝을 수용하고 미지의 세계로 다가가는 것만 남는다.

인간을 고독하게 만드는 가장 큰 요소는 죽음이다. 베랑제왕은 죽음 앞에서 속았다고 분노한다. 왜냐하면 그는 죽기 때문이고, 심지어 혼자 죽기 때문이다. 이오네스코 작품에서 죽음은 실존에 가치를 제거한다. 죽음은 삶을 앗아간다. 그것은 벌도 아니고 약속도 아니고 초월성도 아니다. 이오네스코에게 있어서 죽음은 모든 행위를 헛된 것으로, 모든 노력을 허무하게 만드는 것이다. 죽음 앞에서는 우정도 사랑도 지성도 증오도 야망도 다 헛된 것일 뿐이다. 삶이 의미를 지니기 위해서는 죽음을 치료해야 하지만 「공중 보행자」의 베랑제는 "내가 죽을 거라는 것을 알기 때문에 마비되었다"고 말하며 "죽음을 치료할 수 없기 때문에" 더 이상 글을 쓸 수가 없다고 말한다. 죽음은 존재에게서 모든 가치를 제거하기 때문에 운명은 의미가 없고 인간 조건은 부조리해진다. 「무보수 살인자」의 '빛나는 도시'는 살인자가 있기 때문에 부조리하다. 「갈증과 허기」의 장은 죽는 것이 금지된 나라를 꿈꾼다. 이오네스코 작품에서 죽음은 개인적 강박 관념이며 동시에 집단적 악몽이다.

이오네스코는 신의 죽음도 말한다. 반反세계는 카오스일 뿐이다. 베랑제 1세는 죽으며 과거에 대해서만 생각한다. 그가 넘는 구름다리는 그를 허무로만 인도한다. 「갈증과 허기」의 은사다리는 '다른 곳'에 대한 희망이 아니라 삶의 의미에 대한 질문이다. 이오네스코 작품에서 운명은 출구가 없고 절대에 대한 메시지는 부재한다. 세계에 '거대한 허무'가 자리한다. 곳곳에서 물질이 증가한다. 인물들이 물질에 침몰되고 그것들과 섞인다. 존재들이 물질이 되고 세계는 인간적이길 멈춘다. 개인과 그룹, 인간과 그를 둘러싸고 있는 물질은 늘 대립 상태에 있다. 개인의 고독, 의사소통의 불가능성, 가족과 사회가 개인에게 가하는 억압, 불안한 인간의 정체성과 죽음에 대한 공포가 그의 작품의 주된 주제들이다. 이오네스코의 현실관은 전쟁 이후 명징한 의식을 가지고 '밀폐된 문'에 처한 비인간적이고 낯선 것에 둘러싸인 개인을 나타냈던 작가들의 관심사와 만난다. 거기서 타인의 시선은 지옥이고 인간은 자신이 선택하지 않은 운명, 그 비극적 운명을 감수한다.

이오네스코 작품에서는 실존적 괴로움이 심화한다. 갈등이 해결되지 않는다. 그는 인간의 불행과 갈등을 논쟁하지 않으며 인간 조건에 대해 분석적 증명을 하지 않는다. 단지 갈등을 드러내 보일 뿐이다. 땅에서의 인간 조건이 참을 수 없다 해도 인간은 수용해야 한다. 「왕이 죽어 가다」의 베랑제 왕은 점차 죽음에의 투쟁이 헛된 것임을 알아간다. 인간은 혼자 죽어 가야 한다는 것을 배워야 한다. 이오네스코 작품의 근저에는 인간 조건의 비극성과 그 앞에서의 인간의 고독과 고통이 자리하고 있다.

이오네스코는 '우리가 누구인지, 어디서 왔는지, 어디로 가는지' 같은 인간 조건이 제기하는 실존적 문제에 대해 '대답하고 설명하고 메시지와 반反메시지를 전하고자 했으며' "늘 질문을 제기하고자 했다"(『해독제』)고 말한다. 그는 '나'와 '세계'의 본질 앞에서 때로는 경이로움을 때로는 두려움을 느꼈으며 스스로 끊임없이 '대답 없는 질문'을 던질 수밖에 없었다고 고백한다. 세상은 '절대적 수수께끼'로 이루어졌고 우리는 모두 실존의 벽에 갇혀서 아무것도 모른 채 살고 있기 때문이다. 실존을 '설명할 수 없다는 사실이 인간의 모든 행동과 수고를 부조리하게 만들지만' 이오네스코는 이러한 '실존적 수수께끼는 악의 신비에 비하면 수용할 만한 사실'(『해독제』)이라고 밝힌다. 이오네스코를 사로잡은 또 다른 본질적인 의문은 선보다는 만연해 있는 악의 존재에 관한 것이었다. 세계는 전쟁, 사고, 혁명, 집단 학살, 전염병, 온갖 종류의 범죄와 재앙으로 가득 차 있으며 실존적 신비는 풀어낼 수 없다 하더라도 보편적으로 만연해 있는 악의 존재에 대한 해답을 얻고자 했다. 이오네스코는 철학도 이데올로기도 신학도 악의 문제와 실존과 운명의 목적과 의미에 대한 질문에 수용할 만한 해결점을 가져올 수 없었고 정치, 과학, 형이상학도 근본적인 질문과 근본적인 문제에 답을 제공하지 못했다고 생각한다.

철학도, 신학도 마르크스주의도 악의 문제를 해결할 수 없었으며 그 존재를 설명할 수 없었다. 어떤 사회도, 특히 공산주의 사회는 악을 제거하거나 감소시키지 못했다. 곳곳에 분노가 넘친다. 정의는 공정하지 못하고 복수와 벌이 된다. 인간들이 서로 행하는 악이 모습을 달리할지라도 그 근본적인 본성은 마찬가지다. 나는 악의 문제, 그 수수께끼에 대해 의문을 던지기 위해 글을 썼다.

— 『해독제』

이오네스코는 「무보수 살인자」에서 이 주제를 다루고 있다. 주인공 베랑제는 도시에서 사람들을 하나하나 죽이는 살인자에게 왜 증오심을 품게 되었는지를 묻는다. 증오심 때문에 살인을 하게 되었을지도 모른다는 생각에 베랑제는 그를 이해하려고 노력한다. 그렇지만 그는 아무 대답을 듣지 못한다. 도시의 살인자는 동기도 없이 일종의 순수 살인을 한다. 베랑제는 악의 이유, 답을 찾지 못한다. 근본적인 질문들에 답이 없다고 할지라도 이오네스코는 근본적인 진실을 회피하려고 하지 말아야 한다고 생각한다. 그때부터 질문은 대답보다 더 중요하고 어떤 의미에서 '유일하게 가능한 대답은 질문 자체'

가 된다.

> 정치는 '우리는 누구인가, 어디서 왔는가, 어디로 가는가?'라는 근원적인 질문에 대답을 주지 못한다. … 형이상학도, 과학도, 과학 철학도 이 근본적인 질문에 결정적인 대답을 줄 수 없었다. 유일하게 가능한 대답은 질문 자체이다. 질문은 계급과 모든 장벽을 넘어 우리 모두 무지 가운데 있다는 유대감을 주고, 인간으로서 우리가 차이가 없는 근원적으로 같은 정체성을 가졌다는 것을 확인시켜 준다.
>
> —『해독제』

이오네스코는 인간이 자기 운명에 의해 야기된 문제들에 대답을 얻을 수 없다고 하더라도 체념할 것이 아니라 끊임없이 문제를 제기하는 것, 그것에 인간의 품격과 위대함이 있다고 본다. 그것이 그가 글을 쓰는 이유가 된다.

> 왜 실존이, 아니 어떻게 실존이, 어떻게 악이, 그보다는 왜 악이 실존의 기적에 끼어들게 되었을까? 나는 이 절대적 질문과 본질

적인 진실을 깨닫기 위해 글을 쓴다. 나는 이 문제를 사람들에게 상기시킴으로써 그들이 의문을 제기하고, 각성하고, 잊어버리지 않도록 하기 위해 글을 쓴다. 무엇보다 그들이 잊지 말고 기억하도록 하기 위해서이다. 왜 잊지 말고, 왜 기억해야 할까? 그것은 우리의 운명을 자각하고 사람들 가운데 우리 자신의 위치를 알기 위해서이다. 우리의 사회적 의식은 형이상학적 의식과 실존적 의식에서 비롯된다. 우리가 누구인지, 어디서 왔는지를 늘 생각하면 우리는 우리 자신을 더욱 잘 이해하게 될 것이다. 형이상학에 근거하는 유대감은 정치에 근거하는 동지애나 유대감보다 더 확고하다. 형이상학적 대답이 없는 질문이 정치가 제공하는 부분적이고 거짓된 대답보다 더 확실하고 더 진정되고 결국 더욱 유용하다.

― 「해독제」

창작은 실존에 대한 끊임없는 질문을 통해 사람들에게 자신과 실존의 신비와 마주하게 하는 기능을 한다. 글쓰기가 어떤 열쇠를 제공해 주지는 못하지만 실존적, 형이상학적 공통의 고뇌 속에 침잠케 함으로써 고뇌를 통해 형제의 유대감을 형성하게 된다. 결국 이오네스코가 마음에 두는 연극은 셰익스피어와 베케트 연극처럼 "인간의 운명 전체를 문제 삼고 우리의 근본 조건을 문제 삼는 연극이다"(『해독제』). 그는 본질적인 것, 즉 근본적으로 인간을 정의하는 것, 죽음에 처해진 인간 실존의 부조리성에 관심을 기울이는 형이상학적 연극으로 향한다.

개인적으로 나의 머리를 떠나지 않는 것, 심오하게 나의 관심을 끄는 것, 나를 구속하는 것, 그것은 바로 인간의 총체 속에 있는 사회적이며, 초사회적인 인간 조건에 관한 문제다.

— 『노트와 반노트』

로제 플랑숑Roger Planchon은 이오네스코의 죽음에 바치는 오마주에서 그의 연극이 주는 형이상학적 차원에 대해 다음과 같이 표현한다.

그의 작품에서 죽음의 흔적은 실로 엄청나다. … 그 때문에 그를 생각하면 죽음에 길들고 죽음에 질문을 던지기 위해 죽은 머리들에 둘러싸여 관 속에서 잠을 자던 옛 성인이나 수도사들을 생각하게 된다. … 이오네스코는 존재하고 글을 쓰는 허망함을 반추하며 자신의 부조리와 싸우는 데 인생을 바쳤다.

— 위베르Marie-Claude Hubert, 『이오네스코』서문

이오네스코 연보

1909   11월 26일   루마니아 슬라티나에서 루마니아인 아버지와 프랑스인 어머니 사이에서 출생.

1911   법학박사 학위를 준비하는 아버지를 따라 가족 모두 파리로 이주. 누이동생 마릴리나Marilina가 태어남.

1913   셋째 미르세아Mircea가 태어남. 18개월째 뇌막염으로 죽음.

1916   아버지 혼자 루마니아로 돌아가 어머니에게 알리지 않고 이혼. 아버지는 1917년에 재혼함.

1917-1919   누이동생과 함께 라 샤펠-앙트네즈La Chapelle-Anthenaise 농부들 집에 체류함.

1922   누이동생과 함께 루마니아로 돌아와 부쿠레슈티 아버지 집에서 함께 살기 시작함. 외젠은 생 사바Saint-Sava 정교회 고등학교에 다님.

1926   아버지와의 갈등으로 아버지 집을 떠남.

1928-1929   대학입학자격시험을 끝내고 부쿠레슈티 대학에서 프랑스 문학을 전공.

1931   시집 『작은 존재들을 위한 애가Élégie pour les êtres minuscules』를 루마니아어로 출간함.

1934   프랑스어 교수 자격증Capacitate 획득.
        『거부Nu』 발표.

1936	7월 부쿠레슈티에서 로디카 부릴레아누Rodica Burileanu와 결혼.
	10월 어머니 사망.
1937	화가 반 고흐에 관한 기사 출간.
	「보들레르 이후 프랑스 시에 나타난 원죄와 죽음」이라는 제목의 박사 학위 논문을 준비하기 위해 부쿠레슈티 프랑스교육원으로부터 장학금을 받음.
1938	박사 학위 논문을 쓰기 위해 프랑스로 돌아옴.
1940	루마니아로 돌아와서 생 사바 고등학교에서 불어를 가르침.
1942	가족 모두 프랑스로 돌아옴. 파리가 점령 지역이라 모두 마르세유에 정착함. 비시Vichy에 있는 루마니아 왕립 공사관 문화부에 임명을 받음.
1944	딸 마리-프랑스 이오네스코 태어남.
1945	3월 파리로 돌아옴.
	이오네스코가 초현실주의 선구자로 여긴 루마니아 시인 우즈무즈Uz-muz의 작품을 번역함.
1946	루마니아 특별군법회의는 결석 재판을 통해 이오네스코가 월간지 『비아타 로마네스카Viata Românescă』에 군대와 나라를 모욕하는 기사를 썼다는 죄목을 들어 11년 감옥형을 언도함.
1948	부쿠레슈티에서 아버지 사망. 재정적 어려움으로 그림상 리폴랭Ripolin 집에서 상품 처리 담당으로 일하고 법률과 의학서적 출판사인 뒤리외 출판사에서 교정사로 일함.
	루마니아어로 쓴 『혼자 배우는 영어』를 번역한 「대머리 여가수La catatrice chauve」 초안을 씀.
1950	「대머리 여가수」 초연(녹탕뷜 극장, 니콜라 바타이유Nicolas Bataille 연출).

브르통, 아다모프, 부누엘 등과 친교를 맺음. 부쿠레슈티에서 알았던 미르세아 엘리아데와도 자주 만남.

프랑스로 귀화함.

「수업La Leçon」과 「자크 혹은 순종Jacques ou la soumission」집필.

1951 「수업」초연(포슈Poche 극장, 마르셀 퀴블리에Marcel Cuvelier 연출).

「의자Les Chaises」, 「미래는 알 속에 있다L'avenir est dans les œufs」집필.

1952 4월 「의자」초연(랑크리Lancry 극장, 실뱅 돔므Sylvain Dhomme 연출).

9월 「의무의 희생자Victime du devoir」집필.

1953 2월 「의무의 희생자」초연(라틴가Quartier Latin 극장, 자크 모클레르 Jacques Mauclair 연출).

4월 「대머리 여가수」, 「수업」위세트Huchette 극장에서 재공연.

8월 「일곱 작은 스케치Sept petits skeches」공연(위세트 극장, 자크 폴리에리 Jacques Polieri 연출).

「아메데 혹은 어떻게 거기서 벗어나지?Amédée ou comment s'en débarasser」집필.

9월 「새 세입자Le nouveau locataire」집필.

아다모프와 불화.

1954 갈리마르Gallimard에서 그의 『연극 ITHéâtre I』출간.

4월 「아메데 혹은 어떻게 거기서 벗어나지?」초연(바빌론Babylone 극장, 장 마리 스로Jean-Marie Serreau 연출).

「그림Le Tableau」집필.

1955 10월 「자크 혹은 순종」, 「그림」초연(위세트 극장, 로베르 포스텍Robrt Postec 연출).

「알마의 즉흥극*L'impromptu de l'Alma*」 집필.

「새 세입자」 초연(핀란드 헬싱키, 비비카 방디에Vivica Bandier 연출).

1956 2월 「알마의 즉흥극」 초연(샹젤리제 스튜디오Studio Champs-Élysées, 모리스 자크몽Maurice Jacquemont 연출).

1957 「대머리 여가수」, 「수업」 재공연(위셰트 극장).

6월 「미래는 알 속에 있다」 초연(시테 위니베르시테르Cité universitaire 극장, 장 뤽 마뉴롱Jean-Luc Magneron 연출).

9월 「새 세입자」 프랑스 초연(오주르디Aujourd'hui 극장, 로베르 포스텍 연출).

「무보수 살인자*Tueur sans gages*」 집필.

1958 『연극 II *Théâtre II*』 출간.

희곡 「코뿔소*Rhinocéros*」 집필.

1959 2월 「무보수 살인자」 초연(레카미에Récamier 극장, 조제 카글리오José Quaglio 연출).

11월 「코뿔소」 초연(독일 뒤셀도르프 샤우스필하우스Schauspielhaus, 칼 하인츠 슈트룩스Karl-Heinz Stroux 연출).

1960 1월 「코뿔소」 프랑스 초연(오데옹Odéon-Théâtre de la France 극장, 장 루이 바로Jean Louis Barrault 연출, 장 루이 바로 베랑제 역할을 함).

4월 「걸음마 배우기*Apprendre à marcher*」 초연(에투왈 극장Théâtre de l'Étoile).

1961 3월 「의자」 재공연(샹젤리제 스튜디오, 자크 모클레르 연출).

12월 영화 스케치 「분노*La Colère*」. 일곱 감독을 위한 『칠죄종七罪宗』에 서 실뱅 돔므Sylvain Dhomme가 연출한 시나리오.

1962 6개의 작품이 수록된 『대령의 사진*La Photo du Colonel*』 출간.

12월 「왕이 죽어 가다*Le Roi se meurt*」 초연(알리앙스 프랑세즈 극장, 자크 모클레르 연출).

평론집 『노트와 반노트*Notes et Contre-Notes*』 출간.

「공중 보행자*Le Piéton de l'air*」 초연(독일 뒤셀도르프 샤우스필하우스, 칼 하인츠 슈트룩스 연출).

1963   2월   「공중 보행자」 프랑스 초연(프랑스 오데옹 극장, 장 루이 바로 연출).

『연극 III *Théâtre III*』 출간.

1964   12월 「갈증과 허기*La Soif et la Faim*」 초연(독일 뒤셀도르프 샤우스필하우스, 칼 하인츠 슈트룩스 연출).

1965   「빈틈*La Lacune*」 초연(쉬데스트 드라마 센터Centre dramatique du Sud-Est).

1966   2월   「갈증과 허기」 프랑스 초연(코메디 프랑세즈, 장 마리 스로 연출).

7월   「미국인을 위한 프랑스어 수업*Leçons de français pour Américains*」 초연 (포슈 극장, 앙투안 부르세이에Antoine Bourseiller 연출).

『연극 IV *Théâtre IV*』 출간.

1967   『단편일기*Journal en miettes*』 출간.

1968   『과거의 현재 현재의 과거*Présent passé Passé présent*』 출간.

1969   『발견*Découvertes*』 출간. 이오네스코 그림과 글.

1970   1월   아카데미 프랑세즈 회원으로 선출.

「살인 놀이*Jeux de Massacre*」 초연(뒤셀도르프 샤우스필하우스, 칼 하인츠 슈트룩스 연출).

9월   「살인 놀이」 프랑스 초연(몽파르나스Monparnasse 극장, 조르주 라블리 Jorge Lavelli 연출).

제네바에서 그림 전시.

1971   1월   『진흙*La Vase*』 방영. 하인츠Heinz von Cramer 감독 시나리오. 이오네

스코 주요 배역을 맡음.

『아카데미 프랑세즈 외젠 이오네스코 초대 연설과 장 들레Jean Delay의 대담』 출간.

1972   「막베트*Macbett*」 초연(라 리브 고슈La Rive-Gauche 극장, 자크 모클레르 연출).

1973   7월   장편소설 『외로운 남자*Le Solitaire*』 출간.

    11월 「끔찍한 사창가*Ce formidable bordel*」 초연(모던 극장Théâtre Moderne, 자 크 모클레르 연출).

1974   『연극 V *Théâtre V*』 출간.

1975   12월 「가방 든 남자*L'Homme aux valises*」 초연(아틀리에L'Atelier 극장, 자크 모 클레르 연출).

    『가방 든 남자』 출간.

1977   기사 모음집 『해독제*Antidotes*』 출간.

1979   기사 모음집 『문제의 남자*Un homme en question*』 출간.

    「어린이를 위한 콩트*Conte pour les enfants*」 초연(다니엘 소라노Daniel Sorano 극 장, 클로드 콩포르테스Claude Confortès 연출).

1980   9월   「무덤으로의 여행 *Voyages chez les morts*」 초연(뉴욕 구겐하임Guggenheim 극장, 폴 베르만P. Berman 연출).

1981-1989   그림 전시(스위스 생-갈, 아테네, 뮌헨, 만하임, 베를린, 프리부르그, 취리 히, 파리).

1981   『백과 흑*Le Blanc et le Noir*』 출간.

    『무덤으로의 여행』 출간.

    『연극 VII *Théâtre VII*』 출간.

1987   위셰트 극장에서 「대머리 여가수」, 「수업」 30주년 기념 공연. 이오네스

코와 30년 동안 그의 작품을 연출한 연출가들이 참석함.

1988   일기 『간헐적 탐구*La Quête intermittente*』 출간.

      8월   오페라 「맥시밀리언 콜베*Maximilien Kolbe*」 공연.

1991   전 작품이 플레이아드Pléiade 총서에 수록되어 출간.

1994   3월 28일   84세로 파리에서 사망.

참고문헌

• 이오네스코의 작품

Théâtre complet, Éditions Gallimard, 『Bibliothèque de la Pléiade』, 1991.

Antidotes, Éditions Gallimard, 1977.

Découvertes, 『Les sentiers de la création』, Genève, A. Skira, 1969.

Entre la vie et le rêve, Entretiens avec Claude Bonnefoy. Gallimard, 1996.

Journal en miettes, Paris, Gallimard, 2007.

Notes et contre-notes, Paris, Gallimard, 1966.

Présent passé passé présent, Gallimard, 1976.

La Quête intermittente, Paris, Gallimard, 1987.

• 이오네스코의 희곡 번역서

오세곤 옮김, 「대머리 여가수」, 민음사, 2003.

이선화 옮김, 「막베트」, 지식을만드는지식, 2012.

박형섭 옮김, 「의무의 희생자」, 지식을만드는지식, 2010.

• 이오네스코 연구

Abastado, Claude, *Eugène Ionesco*, Paris, Bordas, coll. Présence littéraire, 1978.

Arnaud, Brigitte, *Le génie de Ionesco*, ALiAS etc., 2002.

Benmoussa, Simone, *Ionesco*, Paris, Seghers, 1966.

Bois, Christophe, *La Cantatrice chauve*, Ellipses, 2007.

Dano, Isabelle, *Eugène Ionesco. Rhinocéros*, Ellipses, 2007.

Eugène Ionesco. *Classicisme et modernité*. Sous la direction de Marie-Claude Hubert
et Michel Bertrand, Publication de l'Université de Provence, 2011.

Féal, Gisèle, *Ionesco, un théâtre onirique*, Imago, 2001.

Frois, Étienne, *Rhinocéros*, Hatier, 1970.

Gros, Bernard, *Le Roi se meurt*, Hatier, 1972.

Horville, Robert, *La Cantatrice chauve, La Leçon, Ioneco*, Paris, Hatier, coll. 《profil
d'une œuvre》, 1992.

Hubert, Marie-Claude, *Langage et corps fantasmé dans le théâtre des années cinquante*,
José Corti, 1987.

Ionesco: situation et perspectives, Colloque de Cerisy, Pierre Belfond, 1980.

Ionesco, Sous la direction de Noëlle Giret, Bibliothèque nationale de France, Galli-
mard, 2009.

Jouanny, Robert, *La Cantatrice chauve, La Leçon d'Eugène Ionecco*, Hachette, 1975.

Le Gall, André, *Ionesco*, Flammarion, 2008.

Les Critiques de notre temps et Ionesco, Garnier Frères, 1973.

Puzin, Claude, *La Cantatrice chauve, La Leçon, Ionesco*, Paris, Nathan, coll. 「Balises」,
2001.

Rodalec, Yvette, *La Cantatrice chauve, Eugène Ionesco*, Paris, Bertrand-Lacoste, coll.
「Parcours de lecture」, 1994.

Schöne, Marjorie, *Le théâtre d'Eugène Ionesco: Figures géométrique et arithmétiques*,

L'Harmattan, 2009.

Vernois, Paul, *La Dynamique théâtrale d'Eugène Ionesco*, Paris, Klincksieck, coll.
　　『Théâtre d'aujourd'hui』, 1991.

Zaragoza, Georges, *Rhinocéros de Ionesco*, Hachette, 1995.

김찬자, 『이오네스코. 언어의 순례자, 그 몽환의 무대』, 건국대학교출판부,
　　1995.

_____, 『이오네스코의 「대머리 여가수」 읽기』, 세창미디어, 2013.

마리-크로드 위베르, 박형섭 옮김, 『이오네스코 연극미학』, 동문선, 1993.

• 일반 연구

Adamov, Arthur, *Théâtre II*, Gallimard, 1955.

Breton, André, *Manifestes du surréalisme*, Gallimard, 1966.

Charbonnier, Marie-Anne, *Esthétique du théâtre moderne*, Armand Colin, 1998.

Corvin, Michel, *Le théâtre nouveau en France*, PUF, 1963.

Jacquart, Emmanuel, *Le théâtre de la dérision*, Paris, Gallimard, 1994.

Maupassant, Guy de, *Pierre et Jean*, Paul Ollendorff, 1888.

셰익스피어, 윌리엄, 최종철 옮김, 『맥베스』, 민음사, 2004.

신현숙, 『20세기 프랑스 연극』, 문학과지성사, 1997.

에슬린, 마틴, 김미혜 옮김, 『부조리극』, 한길사, 2005.

카프카, 프란츠, 전영애 옮김, 『변신·시골의사』, 민음사, 1998.

세창사상가산책 **12** │ 이오네스코